KB262043

인생, 길들이지 말라고요!

인생,
길들이지 말라고요!

초판 1쇄 인쇄 | 2010년 1월 5일
초판 1쇄 발행 | 2010년 1월 15일

지은이 | 김기은
펴낸이 | 조종현
펴낸곳 | 러브레터

종 이 | 대한실업
출 력 | 푸른서울
인 쇄 | 정민문화
출판신고번호 | 제313-2007-000197호

주 소 | 서울시 마포구 서교동 468-2번지
이메일 | bookrose@naver.com
전 화 | (02)322-6709
팩 스 | (02)3143-3964

ISBN 978-89-93662-12-2 (03810)

*책값은 뒤표지에 있습니다.
*잘못 만들어진 책은 구입하신 서점에서 교환해 드립니다.

인생, 길들이지 말라고요!

김기은
짧은 소설집

차례

친 구

"휴우!"

거울 앞에 앉아 자신의 모습을 뜯어보고 있던 순임의 입가로 가녀린 한숨이 폭 새어 나왔다.

"나도 이젠 농사꾼 다 됐어. 티가 난다니까."

이윽고 그녀는 거울 안쪽의 남편을 향해 심란한 말투로 내뱉었다. 그러든 말든 남편은 두 귀와 눈을 몽땅 텔레비전에 내맡긴 채 무반응이었다. 화면만이 남편의 혼을 빼먹고 힘을 얻은 악마처럼 키득거릴 뿐.

순임은 울컥 짜증과 함께 그 옛날의 일을 떠올렸다. 큰 애가 벌써 초등학교에 들어갔으니 순임이 시골로 시집온 지도 벌써 팔 년이 넘었다.

전문대 졸업반 때였다. 과 친구 영숙에게 소개를 받고 그를 만나게 된 것이. S대 농대 졸업반이며 그녀 오빠와 '달구지'라는 교회 농활단체 친구라고 했다.

순임은 S대란 말에 귀가 솔깃했다. 더구나 시골에서 알부자로 소문난 농사꾼의 외아들이라니 '결혼하면 아파트 하나쯤이야' 라는 생각도 했다. 아니 땅도 많다고 하니 그걸 가지고 부동산 투기에 뛰어들 수도…….

그런데 막상 교제를 해보니 영 그게 아니었다. 그의 애향심은 완전히 병적일 정도라고 해야 할까. 그는 잘사는 농촌 만들기의 사명감에 불타고 있었으며, 졸업하면 시골에 내려가 농사짓는 것이 보람찬 미래의 설계도였다. 농대에 들어간 것도 그녀가 생각한 것처럼 단지 S대에 성적을 맞추기 위해서가 아니라 그의 꿈을 향한 계획된 준비 작업이었다.

순임은 어떻게 해서라도 그의 마음을 돌려 보려고 별의별 수단을 다 써보았지만 허사였다. 설득도 협박도 눈물도 도무지 먹혀들지 않았다. 결국 더 이상 가망이 없다고 판단한 순임은 결별을 선언하고야 말았다. 물론 그녀의 집에서도 시골로의 결혼은 절대 반대였다.

"내 귀한 딸을 뭐가 부족해서 장가 못 간다는 시골 총각한테 보내냐. 구정물에 손 한번 담가보지 않은 큰 애를 농투성이로 만들어 고생시킬 수 없다"라고 하면서.

헤어지고 몇 달이 지난 어느 날 밤이었다. 그가 느닷없이 집으로 쳐들어 온 것이었다. 술이 잔뜩 취해서는 농약병을 입에 대고 고래고래 협박을 했다.

"너 없이는 살 수 없다. 사랑한다. 결혼을 약속해 주지 않으면 이걸 마시고 앞에서 죽어버리겠다."

순임의 가족들 모두가 긴장한 채 그를 설득하느라 진땀을 빼야 했다. 전날 신문에서 결혼 못해 비관하던 농촌 총각이 농약을 마시고 자살했다는 기사까지 읽었으니 좀 두려웠으랴!

꼭 그 때문이라기보다도 그의 사랑과 박력에 감동한 순임은 결국 식구들의 반대에도 불구하고 결혼을 약속하고 말았다. 그러나 결혼 날짜를 잡고서야 그녀는 비로소 자신이 그의 쇼에 걸려들었다는 것을 알게 되었다.

"그거 있지, 실은 음료수였어. 내가 그 농약병 닦느라고 얼마나 고생한 줄 아니? 잘못해서 정말 죽기라도 해봐. 히히."

순임은 화가 나서 길길이 날뛰었지만 어쩌랴. 둘은 이미 사랑의 접착제로 인해 떨어질 수가 없게 되었으니.

하지만 정작 그를 소개해준 장본인 영숙은 결혼 전날까지도 포기하지 않은 채 결사반대였다.

"애, 시골 사람들 밭 팔고 논 팔아서 행상을 하더라도 상경하는 거 너 몰라? 그 사람들은 농촌 개발할 줄 몰라서 그런데? 빌어먹어도 서울이 좋으니까 그런 거 아니겠냔 말이야. 내가 죄인이지, 소개 잘못해서 예쁜 애 하나 시골구석에 처박혀 살게 해놓다니…… 하지만 지금도 안 늦었어."

그러고 호들갑을 떨던 그 애는 다음 해에 사업을 한다는 남자와 결혼했다.

"애애, 남자라면 우리 그이처럼 야망이 있어야지. 비전이란 게 있잖아" 하며 말이다.

결혼 후 순임은 결혼한 여자가 거의 그렇듯 친구 따위는 잊고 살았다. 살림하랴 애 키우랴, 거기다 농사일까지 하느라 눈 코 뜰 새 없이 바쁘기도 했지만, 무엇보다도 친정 식구들이 모두 미국으로 이민을 가버린 상태여서 좀처럼 서울 나들이를 할 기회가 없었다. 그래도 영숙은 잊을 만하면 일 년에 한두 번 정도 전화를 해주었다. 그런데 사흘 전 느닷없이 영숙이 놀러가도 되느냐며 연락이 온 것이다.

"그냥 자연 구경도 좀 하고 네 얼굴도 보고 싶고 해서. 같은 대한민국 남한 땅에 살며 이렇게 보기가 힘들어서야 원. 안 그래도 처녀 때처럼 훌훌 여행 좀 떠나고 싶던 차에 네 생각이 나더라고."

영숙은 다음날 바로 순임의 앞에 나타났다. 노란 실크 원피스 위에 파란 모직 카디건을 어깨에 걸치고서 하이힐 굽으로 논두렁에 뽕뽕 구멍을 만들어가며 귀부인처럼 걸어왔다. 그리고는 대문을 들어서자마자 "차를 가져오려다가 막힐 것 같아서 기차를 탔더니……" 하며 돌투성이 진입로를 흉보고 망가진 구두를 속상해 했다.

어쨌든 반가움으로 영숙의 손을 부여잡고 말을 잃고 있던 순임은 "너도 농사꾼 다 됐구나" 하는 그녀의 말에 얼른 손을 놓아 버렸다. 그리고 그녀의 손 앞에 유난히 더 새까매진 자신을 손을 슬그머니 뒤로 감추었다.

홧김에 순임은 그녀가 돌아가자마자 바로 읍내 화장품 가게로 달려가 마사지 오일이며 화장품을 십여만 원어치나 사들고 들어왔다. 그리고 지금 그것들을 화장대 위에 꺼내놓고 오도카니 앉아 있다.

검지로 마사지 크림을 듬뿍 덜어내어 얼굴로 가져가던 순임은 잠시 멈칫하다가 그것을 거울 속 얼굴 위에 북북 칠해버렸다. 하지만 뿌연 유리 속에서도 검은 피부빛은 여전했다.

순임은 영숙의 하얀 목 뒤에서 빛나던 투명한 보석 알을 떠올리고는 화장대 문을 열고 보석함을 꺼냈다. 신혼여행 이후로 걸어본 기억조차 없는 목걸이를 슬쩍 목 아래로 대보던 그녀는 이내 고개를 내저으며 내려놓았다. 다시 반지를 집어 손가락에 껴봤지만 마디에 걸려 꼼짝도 하지 않았다. 겨우 그것을 뽑아 던진 순임은 방바닥에서 리모컨을 집어 들어 텔레비전을 꺼버렸다. 이어 멍청해진 남편의 표정을 향해 발악적으로 소리쳤다.

"이봐요! 난 앞으로 농사일 따윈 하지 않을 테니까 당신 혼자 돼질 치든 농살 짓든 맘대로 해요. 나 일 시켰다간 보따리 싸들고 서울로 가버릴 테니 그런 줄 알아요!"

"갑자기 왜 그래? 당신 영숙 씨한테 시골도 이젠 다 기계화가 돼서 많이 편해졌다는 둥, 여기는 부업으로 낙농을 하는 집이 많아 다들 잘산다는 둥 하며 자랑했잖아. 게다가 집집마다 거의 자가용이 있네, 집 안에 벽난로가 있는 집도 있다고 했잖아.”

“어쨌든 난 뙤약볕 아래서 더 이상 고생할 순 없어요. 영숙인 지금쯤 헬스클럽 아니면 사우나에서 우유 마사지나 하고 있을 텐데, 난 이 꼴이 뭐예요! 그 애 내가 싸준 밤이며 옥수수, 감, 마늘, 다 놓고 갔다고요. 몇 푼이나 한다고 궁상맞게 그 애가 들고 가겠어요. 그걸 주겠다고 청승 떨며 싸고 있었으니 얼마나 촌스럽게 보였을까. 나보고 시골 아낙 다 됐대요. 얼마나 창피했는지 알아요?”

남편은 그녀를 뚫어지게 쳐다보더니 혀를 쯧쯧 차며 리모컨을 집어 들며 말했다.

“일요일인데 교회라도 가서 한바탕 울고 오지 그래.”

순임은 방문을 박차고 나가 버렸다. 시선이 마루 구석에 아직 풀지도 않은 채 놓여 있는, 영숙이 두고 간 보따리에 닿는 순간 치밀어 오르는 분노로 그것을 집어 들었다. 그리고 있는 힘껏 보따리를 남편이 있는 방안을 향해 집어 던졌다. 마루로 내용물이 쏟아져 구르는 소리와 놀란 남편의 음성이 흘러나오더니 이내 잠잠해졌다. 순임은 문득 자신이 너무했나 싶어 방안을 힐끗거렸다. 그때였다.

"이것 좀 봐! 영숙 씨가 보따리 속에 넣어 놓고 간 건가 본데."

남편이 뛰어나오며 접힌 흔적이 있는 흰 메모지를 내밀었다.

순임아, 행복하게 잘 살고 있는 네가 부럽구나. 저수지에 뛰어들든지, 농약이라도 마셔 버리든지 할까 했는데 자식 때문에 그러지도 못하고 마는구나. 우리 그이는 허구한 날 망해 먹고도 사업만 하겠단다. 어디 취직이라도 했으면 좋으련만 노상 거들먹거리며 사업 자금 타령만 하니 큰일이야. 하도 답답해서 너한테나 가려니 옷도 없고 꾀죄죄하게 가기엔 자존심 상하고 해서 집주인 아주머니에게 옷이며 구두 액세서리까지 빌려서 오긴 했는데, 막상 너의 건강한 모습을 보니 내 자신이 혐오스럽고 부끄러워 견딜 수가 없지 뭐야. 지하실 방에서 빛도 못보고 살아 누렇게 뜬 내 모습 말이야. 네가 싸준 정성은 너무 고마웠지만 나 자신에게 너무 화가 나서 그걸 들고 갈 기분이 아니라 놓고 간다. 정말 미안해.

-영숙

"바보 같은 계집애, 친구끼리 자존심이 다 뭐람."

　　순임은 메모지를 집어 던지며 마룻바닥에 털썩 주저앉았다. 그 바람에 그녀의 턱 아래 매달려 있던 눈물방울이 '똑!' 하고 바닥으로 떨어져 내렸다.

우리 아들 장하네요

"대신 공부 열심히 할게요."

"글쎄, 안 된대도 그러는구나."

중학교 일 학년인 아들은 아침부터 하루 온종일 인라인스케이팅 타령이었다. 하지만 아들 말이라면 깜빡 죽던 고창만 씨도 어찌된 일인지 이번만큼은 좀처럼 요지부동이었다.

"위험하지 않단 말이에요. 내 친구들은 다 가졌는데. 씨이."

급기야 아들은 눈물을 찔끔거리며 짜증 섞인 상소리까지 내뱉었다.

"사내 녀석이 그까짓 일로 울고 그래! 인마, 세상 살다보면 그것보다 훨씬 중한 것도 포기해야 할 때가 얼마나 많은지 알아? 해달라는 대로 다 해주니까 이 자식이, 가서 공부나 해!"

고창만 씨는 급기야 언성을 높이고는 읽고 있던 잡지책으로 아들의 머리통을 후려쳤다. 아들은 후다닥 제 방으로 달아

났고, 이어 '딸깍' 하고 방문 걸어 잠그는 소리가 들려왔다. 그러더니 녀석은 단식투쟁이라도 결심했는지 저녁도 거른 채 그 좋아하는 텔레비전 시청도 마다하고 방안에만 틀어박혀 꼼짝도 하지 않았다.

고창만 씨는 가슴 한편이 짠하게 아려오며 마음이 약해지려 했다. 하지만 마음을 다잡고는 그러든 말든 모른 척했다. 그러다보니 처음에는 위험하단 이유로 반대했던 것이 이제는 아들의 고집을 꺾기 위한 반대를 위한 반대가 되어버렸다.

그는 아내에게도 행여 밥상이라도 차려서 아들 방에 들여보냈다간 혼날 줄 알라며 으름장을 놓고는 안에서 들으라는 듯 거실에 앉아 큰소리로 떠들어 댔다.

"흥! 배고프면 몰래라도 나와서 찾아 먹겠지. 요즘 애들 부족한 걸 모르고 커놔서 입만 내밀면 모든 게 다 되는 줄 알고 있으니 큰일이야. 나는 저만 할 때 찬 보리밥 한 덩어리라도 감사히 먹었고, 아침저녁 신문배달하면서도 일등만 했다고!"

고창만 씨는 자신의 어린 시절을 얘기하다 보니 다시금 아들에 대해서 부아가 치밀었다.

배운 게 없어 막노동밖에 할 수 없었던 그의 아버지는 허구한 날 가난과 술에 절어 있었다. 그러면서도 자식은 줄줄이 일곱이나 낳아 "저것들이 어서 커서 제 밥벌이를 해야 형편이 좀 필 텐데" 하고 한숨을 짓곤 했다. 그러나 그는 자식들이 밥벌이 해오는 걸 보지도 못한 채 눈을 감아야 했다. 속이 아프다며 소다가 약이라도 되는 양 매일 한 줌씩 삼키고는 하더니만 결국 위암으로 쓰러지고 말았다.

고창만 씨는 아버지처럼 되지 않기 위해 이를 악물고 공부했다. 집안을 돕기 위해 조간, 석간 신문배달을 하면서도 장학금을 놓치지 않기 위해 밤을 꼬박 새운 게 한두 번이 아니었다. 대학 다닐 때도 등록금은 장학금으로 해결하고, 새벽에는 신문배달, 저녁에는 가정교사로 집안을 도와야 했다. 그러고 보니 신문배달만도 꼬박 십 년을 했다. 생각만 해도 지긋지긋했다.

그는 자신의 그 시절이 한이 되어 자식만큼은 마음 놓고 공부에 전념할 수 있도록 심부름조차 시키지 않았다. 무엇이든 최고급으로 해주었으며, 원하는 것은 말만하면 두말 않고 다 들어주었다. 하지만 인라인스케이팅만은 아무래도 들어줄 수가 없었다.

언젠가 그것을 타고 있는 애들을 본 적이 있었다. 마치 곡예라도 보고 있는 듯 눈앞에서 휙휙 날아다니는 듯한 아찔한 광경이란…… 저러다가 콘크리트 바닥에서 뒤로 넘어지기라도 한다면 어쩌나 하는 생각도 들었다. 그때의 섬뜩했던 기억은 아직도 그의 등줄기를 서늘하게 만들었다.

그런데 아들이 그것을 사달라고 하니 기가 막힐 노릇이었다. 그는 자신이 구닥다리가 되어 요즘 아이들의 놀이를 이해하지 못하는 것은 아닌가 하고 몇 번이고 다시 생각해 보았지만 위험하다는 생각은 바뀌지 않았다. 그래서 이번 참에 아들의 못된 버릇을 고쳐 놓으리라 마음먹었다. 툭하면 단식투쟁을 통해 뜻을 이루려는 못된 성미말이다. 하지만 아들 역시 호락호락 쉽게 포기할 것 같지 않았다.

그로부터 어언 한 달이 다 되도록 아들은 어김없이 밤 열 시가 넘어서야 집에 들어왔다. 아내의 말로는 아들이 도시락조차 먹지 않고 단식을 하는 바람에 할 수 없이 협상을 했다고 한다. 반에서 일등을 하면 인라인스케이팅을 사주기로. 그 때문에 아들은 매일 독서실에서 밤늦게까지 공부를 하고 있다고 한다.

가끔 베란다 창문 너머로 아들이 독서실 봉고차에서 내리는 것이 보였다. 고창만 씨는 아들의 시험날짜가 다가오자 드디어 고민하기 시작했다. 이제껏 오 등을 넘어본 적이 없는 아들이었지만 괴변이라도 일어나 일등이라도 하게 되면 어떻게 해야 하나…… 그 위험한 것을 사줘야 하나, 말아야 하나. 아내의 말로는 헬멧을 쓰고 보호대를 하기 때문에 그렇게 위험하지 않을 거라고 하지만.

드디어 그는 아내로부터 아들이 중간고사를 마쳤다는 정보를 입수하기에 이르렀다. 헌데 정작 당사자인 녀석은 결과 따위에 대해선 통 관심이 없는 듯했다. 저녁에 늦게 들어오는 것도 여전했다. 그가 이제는 시험이 끝났으니 좀 쉬라고 하자 녀석은 펄쩍 뛰며 안 된다고 했다. 한 달은 채워야 한다나?

"그래 일등한 것 같니?"

아내는 아들의 눈치를 보며 넌지시 물었다.

"일등이 그렇게 쉬우면 다 일등하게? 엄만 꼭 콩쥐 계모 같아. 하기 힘든 것만 조건으로 내세우고."

아들은 볼멘소리로 내뱉고는 제 방으로 들어가 버렸다. 고창만 씨는 속으로는 안도의 한숨을 내쉬었지만, 겉으로는 짐짓 엄한 목소리로, "인마, 사내자식이 그 정도 맘먹은 것도 하나 이루지 못해서야 어따 쓸래!"하고는 혀를 찼다.

그때 마침 전화벨 소리가 울렸다. 두 정거장 정도 아랫동네에 살고 있는 부하 직원이었다. 그는 다짜고짜 용서부터 빌었다.

"죄송합니다, 과장님. 제 집사람이 과장님 자제분인 줄도 모르고 그만."

"대체 무슨 말인지 좀 알아듣게 하게나."

"그러니까 제가 퇴근해서 집에 들어가는데 대문 앞에서 집사람이 웬 신문배달 청년을 붙들어 혼찌검을 내주고 있지 뭡니까? 넣지 말라는 신문은 왜 자꾸 넣느냐, 신문대금 받아갈 생각일랑 아예 말아라, 뭐 그런 내용이었는데, 옆에서 보니 그 아이가 아무래도 낯이 익더라고요. 애가 간 다음에 곰곰이 생각해보니, 글쎄 언젠가 댁에서 본 아드님이지 뭡니까? 설마 과장님이 아들 신문배달 시킬 정도로 어려우실 거라 어디 상상이나 했어야지요."

고창만 씨는 차분한 어조로 자신은 가난하지도 않을뿐더러, 아들 역시 그런 일을 할 만한 애가 못 된다며 아마 잘못 보았을 거라고 말했다. 하지만 그럴수록 상대는 틀림없다고 우겨댔다. 방법은 아들을 불러 확인하는 것뿐이었다.

그런데 소리를 듣고 울상이 되어 방에서 나온 아들은 묻기도 전에 너무도 쉽게 모든 것을 시인해 버렸다. 그리고는 울먹이는 소리로 말했다.

"아빠가 안 사주니까 내가 벌어서 사려고 그랬어요. 그렇지만 독서실 간 건 거짓말 아니에요. 시험 공부할 시간은 없을 것 같고, 갑자기 성적이 너무 떨어지면 엄마가 의심할 것 같고 해서 배달 끝나면 독서실로 달려가서 얼마나 열심히 공부했다고요."

"그래도 그렇지, 하필이면 신문배달이냐. 하필이면……"

고창만 씨는 목이 메어 더 이상 아들을 야단칠 수가 없었다.

다음날 퇴근길, 고창만 씨는 백화점에 들러 인라인스케이팅인지 뭔지를 사들고 집으로 들어갔다. 가서 보니 아내 역시 그것을 사놓고 아들을 기다리고 있었다.

그런데 아들 녀석은 인라인스케이팅뿐만 아니라 어디서 주워들었는지 고창만 씨와 제 엄마의 속옷까지 들고 들어서는 것이 아닌가. 첫 월급을 탔다면서 으스대더니, 급기야 가방에서 시험지를 탁 꺼내 놓고는 흥미 없다는 듯 퉁명스럽게 내뱉었다.

"나 참 일등을 했지 뭐야."

이어 녀석은 세 개나 되는 인라인스케이팅에 대해서는 전혀 고민도 하지 않았다.

"잘됐어! 엄마, 보급소에 있는 형 하나가 소년가장이라는데 나만 한 동생이 둘이나 된대. 이거 선물로 줘도 되지?"

고창만 씨의 아내는 감격해서 훌쩍거리기 시작했다.

"매일 독서실에서 늦나보다 했지, 감히 신문배달을 하리라곤 상상도 못했어요. 여보, 우리 아들 참 장하죠?"

그러자 녀석이 한술 더 떠서 한다는 말이,

"아빠, 돈 남은 건 어려운 친구들한테 주고 싶은데 괜찮죠? 보급소에서 형들이 고생하면서 공부하는 걸 보니까 아빠 생각이 많이 났어요. 아빠도 옛날엔 그러셨다면서요?"

고창만 씨는 그만 아무 말도 하지 못하고 슬그머니 일어나 베란다로 나가 버렸다. 이젠 좀 살게 되었다고 포근한 일상 속에 안주하며, 고통 받는 이웃의 아픔쯤은 나와 상관없었던 무관심이 부끄러워 견딜 수가 없었다.

가짜가 좋긴 좋네요

뒤척이는 아내 때문에 맹달수 씨도 덩달아 잠에서 깨어났다.

"이봐, 이제 그만 자. 잃어버린 것도 없고, 사람 다치지 않았으면 됐지. 안 그래?"

퇴근해서 돌아와 보니 아내는 저녁밥도 짓지 않은 채 망연자실 한숨만 쉬고 있었다.

이유인즉슨 낮에 대문을 잠그고 잠깐 나갔다 온 사이에 도둑이 들어 집안을 난장판으로 들쑤셔 놓았다는 것이었다.

"어느 도둑인지 꽤나 멍청하구먼. 아무래도 초범인 모양인데 돈이 급히 꼭 필요했으면 미안해서 어쩌지. 돈 될 게 하나도 없었을 테니."

맹달수 씨는 대수롭지 않게 생각하고는 농담까지 해가며 웃어버렸다. 사실 결혼해서 지금까지 변변한 물건 하나 제대

로 사본 적이 없었고, 필요한 것은 늘 중고시장에서 구해다 쓴
것이 그들의 현실이었다. 결혼 생활을 월세살이부터 시작하
다보니 언제나 최고의 목표는 집 장만이었고, 그 목표를 하루
라도 앞당기기 위해서는 절약에 또 절약의 생활을 해야 했다.

그러다 몇 달 전, 드디어 허름한 주택가의 작은 집을 장만했
다. 마당이 있는 집에 살고 싶다는 아이와 아내의 희망대로 아
파트를 마다하고 마당 넓은 허름한 주택을 사서 수리해서 살
다가, 나중에 돈 벌면 멋지게 삼층집을 짓는 것이 그들의 꿈이
었다.

하지만 갚아야 할 융자와 집수리비, 애들 과외비, 교육적금
등으로 쪼들리기는 마찬가지였다. 내 집이 있다는 것을 제외
하면 변한 것은 아무것도 없었다. 그런데 도둑이 들어왔다고
하니 맹달수 씨로서는 배를 잡고 웃을 지경이었다. 설사 몇 푼
안 되는 예금통장을 집어갔다 한들 집 산 날짜 기념일로 되어
있는 암호만큼은 아무리 머리가 좋은 도둑이라도 도저히 알
아낼 방법이 없을 것이다. 남들이 쉽게 암호를 추적해내지 못
하게 하고 그 기쁜 날도 잊지 않기 위하여 아내가 생각해낸 발
상이었다.

“내가 암호를 몽땅 바꾸어 놓길 잘했죠?” 하고 의기양양하

던 그녀가 왜 잠까지 설쳐가며 속상해 하는 것일까?

"집을 사자마자 그것도 정초에 도둑이 들었으니 액땜했다고 생각해. 두고 봐, 우리가 이 집에 살고 있는 한 절대 도둑 따위는 다시 오지 않을 거야. 우리가 얼마나 검소한지 도둑계에 소문이 쫙 퍼질 테니까."

맹달수 씨는 진담 반 농담 반으로 아내를 달랬지만 아내는 여전히 잠들지 못한 채 한숨만 내쉬었다. 그러자 이번에는 맹달수 씨 쪽에서 슬슬 의심이 들기 시작했다.

혹시?

맹달수 씨는 잠이 확 달아났다. 그리고 드디어 '혹시'가 '틀림없이'로 굳어지자 더 이상 참을 수가 없었다.

'믿을 수 없는 게 여자라더니 믿었던 아내마저도……'

그는 겨우 마음을 진정시키고는 아내를 다그쳤다.

"솔직히 말해. 다 용서할 테니까. 당신, 나 몰래 꿍쳐둔 돈이 얼마였어? 잃어버린 액수 많은 거 아냐? 그치? 맞지? 현찰이야? 아님 혹시 금덩이라도?"

아내는 이 갑작스런 질문이 이해가 안 되는지 눈을 멀뚱거리며 한동안 남편을 쳐다보더니, 드디어 감을 잡고는 기가 막

힌 헛웃음을 허공에 내뱉으며 돌아누웠다.

"얼마야? 말해. 뼈 빠지게 벌어오니까 어디다 쓰려고 그랬던 거야? 뭐 처가라도 괜찮아. 하지만 나한테 숨겼다는 건 아주 기분 나쁜데? 나 그렇게 쩨쩨한 놈 아니라고."

"이이가 듣자듣자 하니까 정말! 남은 지금 결혼반지 없어져서 화가 나서 죽겠는데."

그제야 맹달수 씨는 모든 상황이 이해가 되었다. 잃어버린 물건은 결혼 예물이자 아내가 가장 아끼는 유일한 보석인 다이아몬드 반지였다. 그걸 도둑이 집어갔으니 잠이 올 리가 있겠는가. 적어도 아내로서는 말이다. 아아! 그것이 가짜인 줄도 모르고 마음 아파하고 있다니.

맹달수 씨는 십오 년 넘게 묵은 죄의식과 미안함으로 몸 둘 바를 몰랐다. 어쩐담? 그냥 말해 버릴까?

사실 말이지, 어려운 형편에 동생 뒷바라지까지 하고 나니 정작 결혼자금을 모아둘 겨를이 없었다. 사랑하는 여자랑 결혼은 해야겠고 돈은 없고, 여자는 영원한 사랑의 징표가 어쩌고 하며 예물만큼은 다이아몬드를 해내라고 고집이고, 그래서 생각해낸 것이 가짜 다이아몬드였다.

그의 어머니가 꽤 비싸게 주고 그럴듯한 걸 구해 와서는 "내가 새아기 보면 주려고 준비해 뒀던 거다" 하며 아내에게 내밀 때부터 시작된 죄의식이 여태까지 지속되리라곤 생각지도 못했다. 아내 몰래 돈을 모아 곧 진짜로 바꿔치기 해놓으려고 했는데 늘 빠듯한 용돈으로 돈을 모으기가 생각처럼 쉽지가 않았다.

"잊어버려! 실은 그거 가짜거든."

그는 드디어 이실직고를 해버리고 말았다. 아내의 모습을 더 이상 지켜 볼 수가 없었다. 묵은 비밀을 털어내고 나니 비로소 속이 후련해졌다. 그는 눈을 꼭 감고 기다렸다. 밥솥이 날아오든 따귀가 날아오든 다 참아내리라 하며…… 그런데?

"처음부터 알고 있었어요. 하지만 한 번도 가짜라고 생각한 적 없었다고요."

맹달수 씨는 그만 너무나 놀라 입만 쩍 벌린 채 아내를 바라보았다.

아내는 남편의 형편을 빤히 아는데, 그토록 알이 큰 다이아몬드가 아무래도 의심스러웠단다. 보석상에 가서 감정을 해 보니 아니나 다를까, 반지는 가짜였다. 속은 것이 분해 아내는 집에 들어가자마자 울며불며 난리를 쳤다. 결혼이고 뭐고 다 무효라며 속상해 하자 그녀의 아버지 말했다.

"너 그거 진짜면 팔 거냐?"

"팔긴요."

"팔 것도 아니면서 진짜건 가짜건 무어 그리 중요해. 주는 사람의 마음이 진짜면 된 거다. 가짜를 할 수밖에 없는 그 집 사람들이야 얼마나 마음이 아프겠냐. 아마, 미안해서도 너에게 더 잘할 거다. 모른 척하고 진짜라고 생각하도록 해라. 〈모파상〉에서 가짜 목걸이를 빌린 여자도 그걸 진짜로 믿어버리니까 그 많은 세월 동안 진짜가 되어 있었잖니."

아내는 그때부터 그걸 진짜로 생각하고 소중히 간직했다고 한다. 더구나 그것은 결혼반지이기 때문에 무엇과도 바꿀 수 없는 귀중품이라고 했다.

아내의 얘기를 들은 맹달수 씨의 머리는 감동과 부끄러움으로 뒤죽박죽이었다. 겨우 정신을 가다듬은 그는 자못 위엄을 갖추며 말했다.

"이참에 진짜 다이아몬드로 반지 하나 맞추자고. 실은 진짜로 꼭 바꿔 놓으려고 십 년 넘게 모아둔 돈이 조금 있거든. 그것보다 작은 알로 하면 당장이라도 살 수 있을 거야.”

아내는 남자는 다 능구렁이같이 음흉하다는 둥 가짜 반지 줄 때부터 알아봤다는 둥, 구시렁구시렁 밤새 바가지를 긁었다. 그러다가 다음 날은 그것 받은 셈 칠 테니 돈으로 달라며 살랑살랑 꼬드기기 시작했다. 하지만 맹달수 씨 역시 이번만큼은 절대 물러서지 않았다.

그리고 드디어 대망의 일요일, 부부는 즐거운 외출 준비를 서둘렀고 맹달수 씨는 아내에게 뒷모습이 꼭 처녀 같다는 둥 하며 즐거운 빈말을 퍼부어댔고, 아내는 그냥 하는 말인 줄 알면서도 “정말?” 하며 모델처럼 몸을 흔들고는 앞서 걸어보였다. 그런데 맹달수 씨가 대문쯤에 다다랐을 때였다.

“아니, 여보 이것 좀 봐요!”

앞서간 아내는 우편함의 하얀 편지봉투에서 꺼낸 메모지 한 장을 내밀었다.

가짜는 필요없다. 쓰레기통에 던지는 것보다는 돌려주는 게 기분 좋을 것 같아서……

-착한 하룻날의 도둑님

"하하하. 별 희극적인 도둑 다 보겠네."

"그런데 여보, 가짜가 좋긴 좋네요. 그죠? 이렇게 돌아오고."

아내가 반지를 확인하며 좋아했다.

"자, 어서 나가자고. 진짜를 위하여!"

"에고, 난 싫어요. 이렇게 돌아온 반지가 있는데, 예수님도 돌아온 아들을 더 반겼잖아요."

아내는 반지를 끼고 총총히 현관 쪽으로 멀어져갔다. 순간 그녀의 뒷모습에서 다이아몬드보다도 더 찬란한 광채가 빛나는 것이 보였다. 맹달수 씨는 아내의 등에 대고 힘껏 소리쳤다.

"여보! 당신이 진짜 다이아몬드야!"

건망증

건망증하면 우리의 강건만 씨를 따를 자가 있을지 모르겠다. 그의 증상은 기네스북에 오른다 해도 손색이 없을 만큼 정말 천재적인(?) 수준이었는데, "업은 애기 삼 년 찾는다"는 속담이 가히 무색할 정도이다.

차 안에 물건을 놓고 내리는 것은 애깃거리도 못 되고, 한손에 우산을 버젓이 들고는 우산 놓고 왔다면서 있던 곳을 헐레벌떡 되돌아가는 사람이다. 믿거나 말거나…… 그러나 조금이라도 건망증을 갖고 있는 사람이라면 조금은 이해할 수 있으리라.

원래 건망증이란 것은 생각이 많은 사람들이 갖고 있게 마련이다. 생각에 잠긴 채 몽유병자처럼 몸만 반사적으로 움직이다 보면 나중에 가서 그때 무얼 어디다 두었는지조차 기억을 못하기 십상이다.

그런 강건만 씨가 회사생활을 하는 걸 보면 참으로 신기할 지경이다. 그것도 영업을 담당하고 있으니 말이다. 하지만 그의 아내는 허구한 날 그의 공금을 물어주느라고 허리가 휠 지경이다. 수금해온 돈을 미처 경리과에 입금시키지 못한 날은 여지없이 그 돈을 술값으로 날려 버리기 때문이다.

취했다 하면 그의 건망증은 더욱 심해져서 내 돈, 네 돈도 모른 채 2, 3차로 마구 돌아다니며 흥을 돋웠다.

"그러니까 공금은 지갑에 넣지 말고 따로 간수하라고 했잖아요! 눈에 안 띄면 안 쓸 거 아니에요."

아내에게 번번이 야단을 맞으면서도 그는 깜박깜박 잊어버리기 일쑤였다. 때문에 그는 어딜 가나, 앉으나 서나 늘 초긴장 상태였다. 무얼 잃어버리진 않았는지 두고 가는 건 없는지. 그러다보니 어느 땐 또 너무 꼼꼼히 잘 챙겨서 둔 곳을 몰라 헤매거나 잃어버린 줄 알고 찾아다니는 경우도 종종 있다.

하여간 못 말리는 강건만 씨다. 그런데 오늘은 끔찍한 그 증상을 오히려 간절히 기다리고 있으니 대체 어찌된 노릇인가!

"원 세상에 건망증이 발동해 주길 기다리는 사람이 어디 있으려고. 거짓말도 정도껏 하쇼" 하고 머리를 내저을지 모르겠지만 상황을 알면 조금은 납득이 갈 것이다.

그는 지금 아내의 명령을 받고 큰집에서 DVD플레이어를 들고 오는 중이다. 믿기지 않겠지만 그의 집에는 DVD플레이어는커녕 세탁기도 한 대 없다. 집을 장만할 때까지는 살림을 늘리지 않겠다는 아내는 텔레비전 외에는 가전제품을 일절 해오지 않았다. 대신 그녀가 처녀 때부터 조금씩 사두었던 증권 증서를 고이 품고 왔다.

그런데 며칠 전 전 큰댁에서 최신형 DVD플레이어를 새로 장만했다는 소식을 듣자 아내는 전화통을 붙들고 졸라대기 시작했다.

"형님 쓰시던 거 저희 주세요. 요즘은 영화나 애들 보는 교육자료도 다 DVD로 나오잖아요. DVD를 얻어 놓고도 못 보여주니까 속상해 죽겠어요. 구식이면 어때요? 쓸 수만 있으면 되지. 고장 난 것은 저희가 고쳐서 쓸게요."

그러고 떠들어대더니 강건만 씨가 모처럼 쉬는 날 기어이 그를 큰집으로 쫓아 보냈다.

"여보, 절대 택시 타고 오면 안 돼요. 알았죠? 요즘 벼룩시장에 가면 그까짓 거 몇 푼 안 들이고도 살 수 있다고요. 큰댁에 과일이라도 사들고 가고 수리비 빼고 어쩌고 하다보면 남는 것도 없어요. 그러니까 힘들더라도 꼭 전철 타고 와요. 그리고 놓고 내리는 일 없도록 선반에 두지 말고 발 앞에다 꼭 보이게 놓고요."

강건만 씨는 아내의 그러한 당부를 기억해서라기보다도 너무 빠듯이 쥐어준 돈 때문에, 택시를 타려야 탈 수가 없었다. 아내가 쥐어준 과일 값 몇 푼과 교통카드가 전부였다.

처음 DVD플레이어를 집어들 때만 해도 그다지 무거운 줄은 몰랐다. 하지만 몇 분 걷지 않아 그의 팔은 떨어져 나갈 것 같았다. 아무리 남자라지만 그런 것을 들고 그렇게 걸어보기는 처음이었다. 또 워낙 구형이다 보니 크기는 또 어찌나 큰지 걸을 때마다 이리 부딪히고 저리 부딪히고, 등에서는 진땀이 나고 울컥울컥 짜증이 솟았다. 게다가 그것을 싼 커다란 보자기가 여간 창피하지 않았다.

겨우겨우 지하철역까지 당도해서 차를 타기는 했지만, 그것을 들고 또 걸을 생각을 하니 정신이 아득해졌다. 갈아타려면 계단을 몇 번씩 오르락내리락 해야지, 거기다 집에 가려면 언덕 꼭대기를 한참이나 올라가야 했다. 6월의 한낮은 그의 신세만큼이나 푹푹 찌고 있었다.

"까짓, 하나 사고 말지. 무슨 떼부자가 되겠다고 이렇게까지 궁상을 떠는 거람! 이걸 그냥 버려?"

강건만 씨는 갈등하기 시작했다. 놓고 내린다는 건 아무래도 양심이 허락하질 않고, 이럴 땐 차라리 건망증이라도 찾아와 주면, 잊어버리고 놓고 내렸다는데, 어쩔 것인가. 돈 주고 산 것도 아닌데 뭐, 하고 합리화하면 그만이었다. 하지만 아무리 잊어 보려고 애를 써도 그의 신경은 계속 그 애물단지 같은 DVD플레이어에만 가서 머무는 것이었다. 친절하게도 그것은 앞사람 무릎 위에 얌전히 올라가 있었다.
"에이, 모르겠다. 까짓 놈의 것!"
그는 내리는 순간까지 내내 갈등하다가 전철 문이 닫히려는 찰나에 후다닥 뛰어내렸다.
"이봐요! 짐 안 가져가요? 어, 어!"
그는 도둑질이라도 한 것처럼 뒤에서 들려오는 소리를 떨치며 뜨끔뜨끔한 가슴을 진정시켰다.
"이참에 하나 장만하지 뭐. 이 강건만, 그거 하나 못 살만치

허깨비 아니라고.”

　그는 내친김에 집 근처의 전자대리점까지 들어섰다. 가진 돈은 없지만 신용카드는 이럴 때 쓰라고 있는 거 아닌가? 그는 며칠 전 아내에게 카드를 모두 압수당해 카드가 없었지만, 그 사실을 까맣게 잊어버린 채 최신형의 DVD플레이어를 하나 골랐다. 이어 대충 흥정을 마친 뒤 신용카드를 꺼내려는 순간이었다.

　“아니?”

　양복 안주머니에 있어야 할 지갑이 없었다. 아뿔싸! 그는 이마를 ‘탁!’ 쳤다. 전철을 타느라 꺼냈던 지갑을 얼떨결에 그 보따리 속에 찔러 넣은 것이다. 큰일이다. 카드야 신고하면 그만이고 현찰도 몇 천원밖에 없지만 수표가 문제다. 어제 수금해 온 한 장짜리 자기앞 수표를 경리과에서 마감했다며 받아주지 않는 바람에 지갑에 넣어둔 것이 문제였다. 원체 사람이 붐비는 통에 허둥댄 탓도 있지만 소매치기의 위험을 방지한다는 발상에서 지갑을 순간적으로 보따리 속에 넣은 것인데, 그걸 놓고 내렸으니…… 그것도 일부러 말이다.

　강건만 씨는 거의 초죽음이 되었다. 백만 원의 공금을 물어내야 한다.

"백만 원이면 재형저축 제하고 집에 갖고 갈 수 있는 월급인데."

그는 파김치처럼 푹 절은 모습으로 집에 들어섰다. 그런데 그의 아내가 문을 열며 다짜고짜 소리를 질러댔다.

"아이고, 내 이럴 줄 알았다니까! 어서 지하철 분실물센터에 가 봐요. 다행히 지갑 속에 무슨 회원증인가가 있어서 전화 연락이 됐으니 망정이지 원."

그는 꼬리에 불붙은 강아지마냥 뒤도 안 돌아보고 냅다 뛰기 시작했다. 기도 아닌 기도를 해가면서 "오! 하느님, 부처님, 알라신, 어느 분이라도 좋으니 제발 수표가 그대로 있게 해 주십시오."

그런데 아무리 눈을 씻고 뒤져봐도 수표라고는 쪼가리도 보이지 않았다. 방법은 오직 하나 담당자를 닦달하는 수밖에 없었다. 하지만 온갖 협박과 회유에도 상대의 대답은 일편단심 한 마디 "모른다"였다.

"정 그러면 법적으로 합시다. 이거야 참, 보따리 찾아주니까 돈 내놓으라고 되레 난리니."

강건만 씨는 결국 참패를 인정하고 돌아설 수밖에 없었다.

증거도 없고 게다가 수표 번호도 적어두지 않았으니 어쩌겠는가!

"흥! 그 돈 갖고 잘 먹고 잘 사쇼. 남의 속 쓰리게 하고 얼마나 부자가 될지는 모르겠지만."

그는 잃어버린 돈에 대한 한풀이를 그렇게 마무리 짓고 돌아섰다. 그리고 무심히 한 손을 바지주머니에 찔러 넣었는데, 순간 이상한 느낌이 들었다. 그리고는 손에 잡히는 것을 쑥 끄집어냈다.

"원 세상에! 찾았어요, 찾았어! 맞죠? 봐요. 진짜잖아요. 백만 원."

놀라움도 잠시였다. 그는 싸운 사실도 까맣게 잊은 채 앞사람을 흔들며 호들갑이었다. 그제야 어제의 일도 떠올랐다.

친구들과 술집에 가던 중, 문득 아내의 말을 기억해낸 게 탈이었다. 그래서 모처럼 착실한 짓 좀 한다고 지갑 속의 수표를 꺼내 바지 주머니 속에 꼬깃꼬깃 감춰 놓았던 것이다. 그는 미안함에 몸 둘 바를 몰랐다. 애매한 사람을 붙들고 누명을 씌웠으니 은혜를 원수로 갚아도 유분수지.

"잃은 셈 친 게 그냥 생겼으니 반 뚝 잘라서 어디 가서 한 잔

삽시다. 룸살롱도 괜찮고, 내 사과하는 뜻으로 한잔 사리다.”

강건만 씨는 수표를 흔들어대며 어린아이처럼 채근하기 시
작했다. 어느새 그의 건망증이 또 발동한 것이었다.

“술이고, 물이고 다 귀찮으니 일 방해하지 말고 어서 사라
지기나 해요. 공금이라고 죽는 소리할 땐 언제고 또 무슨 덤터
기를 씌우려고.”

그제야 정신이 돌아온 강건만 씨가 꽁무니가 빠져라 하고
달아나려고 했다. 그의 등 뒤에선 또다시 누군가가 부르는 소
리가 들려왔다.

“이봐요! 짐 안 가져가요, 짐!”

아! 정말 대책 안 서는 건만 씨다.

맹공희 씨의 '쩨'존심

외제라면 흐물흐물 사족을 못 쓰는 맹공희 씨. 빈 깡통도 'MADE IN USA'가 찍혀 있으면 애지중지 진열장에 모셔둘 정도이다.

"깡통 펴서 함석집이라도 하나 짓지 그래. 또 알아? 피난민 기념관이라도 될지."

그녀의 남편은 종종 그런 식으로 비아냥거리곤 했다. 그러건 말건 맹공희 씨는 그것들을 모아 두었다가 반찬통이며 양념통 혹은 이런저런 필요에 따라 꺼내 쓰고는 한다. 혹시 그녀를 재활용에 충실한 환경보호 실천론자쯤으로 생각하는 사람이 있을런지 모르나, 그것은 큰 오산이다. 왜냐하면 그녀에게 재활용의 가치가 있는 것은 오직 외제에 한해서일 뿐이기 때문이다. 국산은 그 통이 제아무리 예쁘고 좋아 보여도 손톱만큼의 미련도 두지 않고 쓰레기통에 던져버리니 말이다.

비록 외국어를 하나도 이해하지는 못하지만, 꼬물꼬물 살아 움직이는 그 꼬부랑 글자들을 그녀만큼이나 사랑하고 아끼는 사람은 흔치 않을 것이다. 행여 글자들이 지워지지나 않을까 늘 조심조심, 어쩌다가 상표가 떨어지기라도 하면 접착제로 다시 붙이기까지 하는 그녀였다. 그러면서 슈퍼마켓에서 그 물건들을 꺼내들고 계산대 앞에 내밀던 순간의 감상을 기억해내곤 한다. 그것은 어린 시절의 기억만은 못했지만 그래도 아직은 꽤 괜찮은 느낌이었다. 자신이 사는 통조림 등은 주로 외국물이 많이 든 상류 지식 계층이 선호하는 것이라는 이유가 그녀를 뿌듯하게 했다. 어릴 적 주머니 속에 미제 초콜릿이나 과자 등을 넣고 다닐 때와 비슷한 감정이랄까?

"거기 쓰여 있는 글자들이 뭔지나 알고 사오는 거야?"

남편이 이렇게 못마땅해 하면 맹공희 씨는 당당히 말했다.

"글자야 먹을 것도 아닌데 모르면 어때요? 안에 든 것만 알면 되지."

그러면 큰딸은 "와, 엄마 대답 완전히 작품감이다" 하며 지지했고, 작은딸은 "아, 엄마는 글을 읽어보고 사는 것이 아니라 속을 다 뜯어보고 사는구나" 하며 비아냥거렸다.

맹공희 씨의 큰딸이 그녀를 닮은 철저한 서구론자라면, 작은딸은 남편 쪽을 닮은 철저한 전통론자였다. 양식집에 가서도 김치를 찾지 않나 피자를 앞에 놓고 녹두 빈대떡만도 못하다며 투덜거리질 않나. 그녀의 말을 빌리면 작은딸은 하여튼 못 말리는 '촌년'이었다. 대학에 들어가면 좀 나아질까 했더니 오히려 한술 더 떠서 민족주의자 행세까지 하려고 들었다. 수입 농산물을 추방하겠다나 어쩌겠다나…….

때문에 맹공희 씨에게 있어 그 둘은 여간 골치 아픈 존재들이 아니었다. 애써 비싼 재료 사다가 스파게티라고 만들어 놓으면 약속이나 한듯이 합창을 했다.

"이건 뭐 비빔국수만도 못해. 밥 없어?"

이렇게 툴툴거리는 통에 여간 김빠지는 것이 아니었다. 그러니 뭘 하나 해먹으려면 번번이 두 사람 몫을 따로 준비하지 않으면 안 되었다.

"당신은 서울 생활을 그만큼이나 하고 외국 출장도 여러 번 다녀왔으면서 어쩌면 그렇게 촌티를 못 벗어 던져요. 당신이 그러니까 애까지 그대로 배운 거라고요."

"한국 사람이 밥 달라는 게 왜 촌티야?"

"어떻게 만날 밥만 먹고 살아요? 빵도 먹고 스파게티도 먹고 해야지."

"당신이나 많이 먹으라고. 난 어머니가 농사진 쌀밥에 된장찌개가 더 좋으니까."

"나는요, 호박죽 먹고 큰 당신이랑 달라요. 당신 보릿고개 넘을 때 우리 집엔 미제 우유가루며 치즈, 햄, 커피 같은 게 떨어질 날이 없었기 때문에 습관이 되어서 당신 식성을 맞출 수가 없다고요."

부부가 식탁에서 티격태격 하다 보면 언제나 돌아가는 곳은 각자의 어린 시절이었다. 그리고 그것은 암울했던 남편과는 달리, 맹공희 씨에게 있어서는 신나는 기억 중의 하나였다.

남편이야 가난한 농사꾼의 아들이니 당연히 배곯으며 지내던 어린 시절이 있었을 것이다. 그러나 맹공희 씨의 아버지는 한때 미군부대에서 일했으며, 오빠 또한 월남전에 참전한 적이 있다 보니 어린 시절부터 처녀 때까지 집안에 미제 물건이 떨어질 날이 없었다. 때문에 그녀는 자신의 입이 국제적 수준으로 세련될 수밖에 없었다며 늘 자랑하곤 했다. 그러한 점은 맹공희 씨로 하여금 수준 높은 여자라는 착각에 빠져들게 하는 유일한 자존심이었다.

그런데 어느 날 그녀의 이 자랑거리가 김치국물에 빠져 엉망진창이 되어버리고 말았다. 그것도 하필 신성한 부활절 아침 남편과 함께 교회 문을 나서면서부터였다.

"그 입술에 바른 립스틱 말이야. 당장 지우라고."

밑도 끝도 없이 내지르는 이 말에 맹공희 씨는 멀거니 남편을 쳐다보았다.

"왜요?"

"무슨 단합대회라도 했어? 하나같이 똑같은 김치국물 색으로 오글거리게. 꼭 둥지에서 삐악거리는 제비마냥."

그제야 그녀는 남편의 말뜻을 알아차릴 수 있었다. 지난 수요일 외국여행에서 돌아온 권사가 여신도들에게 세계적인 유명 브랜드의 프랑스제 립스틱을 하나씩 돌렸다. 그런데 수선스럽게 고르는 것을 방지하려고 했던 것인지는 몰라도 색깔을 모두 똑같은 걸로 주는 바람에 여자들의 입술 색깔이 온통 똑같아진 것이다. 맹공희 씨는 선물 받은 고마움을 표시하기 위해 바르고 간 것인데 가서 보니 다들 똑같았다.

"선물할 거면 성의 있게 좀 골라서나 사오든지 하지."

남편은 무성의하게 어쩔 수 없이 사들고 오는 여행객들의 행동에 대해서 빈정거렸다.

“그러는 당신은 외국 갔다 오면서 뭐 하나 사온 것 있어
요?”

“난 말이야 가방 앞에 턱 받치고 앉아서 ‘헬로 기브 미 짭
짭’ 하던 눈초리로 바라보는 그 꼴이 보기 싫어서 안 사오는
거야. 알아?”

“당신은 그러면서 컸나보죠? 난 안 그랬는데.”

“아이고, 그래. 미국사람 먹다 남은 것 얻어먹고 큰 게 자랑
이다.”

맹공희 씨는 그만 목구멍이 꽉 막혀 버렸다. 자존심은 김치
국물로 툭툭 떨어져 버리고 그녀의 얼굴은 칠면조처럼 금세
붉으락푸르락해졌다. 평소 같았으면 한바탕했을 테지만 부활
절이라 꾹꾹 참았다. 안 가려는 남편을 졸라 교회에 데려간 것
이 잘못이었다.

애써 참았던 맹공희 씨의 부아가 드디어 폭발한 것은 순전
히 작은딸 때문이었다. 점심때가 좀 지나 밖에서 돌아온 딸애
는 배가 고프다며 냉장고를 뒤지더니 그녀를 보며 소리쳤다.

“엄마, 웬 자몽?”

“어제 시내 나갔다가 샀어. 시원한 게 맛이 그만이더라. 먹

어봐."

"싫어. 누구 죽일 일 있어? 엄마나 실컷 먹어."

"그게 무슨 소리야?"

"엄만 자몽에서 발암 물질이 검출됐다는 말도 못 들었어?"

"뭐? 그렇게 껍질이 두꺼운데 속에까지 그러려고."

"알았어. 엄마나 많이 먹어. 난 수입 농산물 따윈 먹지 않을 테니까. 죽어도 쩨만 먹겠다는데 누가 말려. 개밥까지 먹겠다고 사오는 사람인데."

딸은 제 어미를 곯리듯 생글거리며 식탁에 밥을 차렸다. 순간 무안해진 맹공희 씨는 아침의 남편 말까지 겹쳐지면서 부아가 치밀어 올랐다.

"뭐가 어쩌고 어째! 그렇게 똑똑하고 잘난 애국자가 밥은 왜 먹어? 먹지마! 그 위에 있는 반찬 전부 수입농산물이야. 먹기만 먹어봐라."

"알았어. 다 넣어 놓고 콩장하고만 먹을 거야!"

"콩도 거기 들어간 간장도 다 수입품이야!"

딸애는 이번에는 고추장을 꺼내들었다.

"그것도 수입 고추로 담근 거야! 참기름도 수입 깨야. 먹으려면 소금에나 비벼 먹어. 국산은 그것밖에 없으니까."

“밥 안 먹어!”

“그래, 먹지 말고 굶어 죽어라!”

딸애는 휑하니 방으로 들어가 버렸다. 딸의 점심을 망치고도 그녀의 분은 풀리지 않았다. 더구나 언젠가 한 번 실수로 애견용 통조림을 사온 걸 가지고 아직까지 무안을 주다니! 그녀는 내친 김에 방으로 따라 들어가 딸의 옷을 잡아당기며 악다구니를 쳤다.

“이 옷도 다 벗어! 로열티 붙은 수입 브랜드라 수입품이나 똑같으니까 할머니한테 모시 치마저고리 해달래서 그거나 입고 다녀. 침대도 치우고 이제부터 방바닥에서 자!”

말이 막혀버린 딸애는 그만 훌쩍거리기 시작했다.

저녁때가 되어 마음이 가라앉은 맹공희 씨는 그제야 딸에게 심하게 군 것이 미안해졌다. 그래서 식사 준비를 서둘러 마치고 딸애를 살살 달랬다.

“너 생각해서 된장찌개 맛있게 끓여 놨으니까 어서 나와.”

“안 먹어! 그것도 수입 콩이라며.”

“그건 네가 엄마한테 못되게 구니까 괜히 한 소리야. 우린 할머니가 시골서 다 보내주시잖아.”

그제야 딸애는 마지못해 식탁 앞으로 나갔다. 그리고 가족들의 식사시간, 식구들의 수저가 일제히 멎고 시선이 맹공희 씨에게 날아가 꽂혔다. 맹공희 씨가 생전 먹지도 않던 생마늘을 그것도 된장에 찍어 연신 입안으로 밀어 넣는 게 아닌가!

"당신 갑자기 왜 그렇게 촌스런 걸 먹어?"

남편이 멀뚱한 표정으로 물었다. 그러자 맹공희 씨가 말했다.
"마늘하고 된장이 암 예방에 좋잖아요. 아무래도 자몽을 너무 많이 먹은 거 같아서."
"자몽?"
"작은딸 시집이나 보내놓고 암에 걸려도 걸려야지."
작은딸은 터져 나오는 웃음을 참느라 양볼이 울뚝불뚝 부풀어 올랐다. 영문을 모르는 남편과 큰딸은 서로 멀뚱멀뚱 얼굴을 쳐다보며 눈만 끔뻑거렸다.

시인

"시인이라고요? 어머나 멋져라!"

미스 최는 남자가 시를 쓴다는 말에 그만 '뿅' 가고 말았다. 알고 있는 시라고 해봐야 옛날 학창시절에 배운 〈진달래꽃〉이 고작이지만, 그래도 시인이라 하면 여간 가슴 설레는 게 아니다. 그것이 직업이든 취미든 간에 아주 고상한 것임에는 틀림없고, 아무튼 보통 사람과는 좀 다를 것 같은 기대를 품어보는 것도 사실이다.

고차원적인 사고, 예술적 감성, 게다가 귀족처럼 하얀 손가락…… 거기에 비하면 그녀가 허구한 날 몸달아하던 고 기사는 얼마나 형편없는 존재인가. 토목기사인 그는 말이 대졸사원이지 외모만 보면 막노동꾼은 저리 가라 할 정도이다. 현장을 돌아다니니 햇볕에 그을려 시커멓게 탄 피부는 그렇다고 치자. 노동판에서나 쓰는 거친 말솜씨하며 감성이라고는 눈

곱만큼도 없는 무뚝뚝함이란. 어느 것 하나 정이 가게 하는 구
석이라고는 눈을 씻고 찾아봐도 없다.
　'그런데도 좋아한걸 보면 뭐에 씌어도 단단히 씌었지' 하고
그녀는 중얼거렸다.

　시인은 친구의 결혼식장에 갔다가 알게 된 신랑 측 친구였
다. 첫눈에 반했다며 미스 최에게 접근해온 그는 식이 끝나기
가 무섭게 그녀를 유인(?), 마침내 둘만의 자리를 마련했다.
어두운 카페에 들어서자 그는 최에게 명함 하나를 건넸는데,
그 명함이란 것이 참 희한했다. 백지로 있어야 할 뒷면에 고향
주소부터 시작하여 초등학교, 대학에 이르기까지 쓰여 있는
것은 물론 무슨무슨 회장, 반장, 대표 등을 역임했다는 것이
굴비 두름 꿰놓은 듯 빼곡히 나열되어 있었다.
　"정치를 하다 보니께."
　그는 변명인지 자랑인지 모를 소리를 하고 씩 웃었다. 미스
최는 별종이라도 마주하고 있는 심정으로 명함을 뒤적이고
있는데 '현재 시인 활동 중' 이란 글이 언뜻 눈에 들어왔다.

　"나가 시를 쪼께 쓰고 있구먼요. 등단도 혔고."

그 말과 함께 미스 최는 그만 흐물흐물 맥을 못 추고 그에게 폭 녹아버렸다. 그러자 귀에 거슬리던 억센 사투리도 오히려 향도색이 깃든 정감 있는 말로 들렸다.

"사랑혀, 미스 최."

시인은 성질도 급하게 벌써 사랑을 고백해왔다. 미스 최의 심장으로 찌르르 전율이 흘렀다. 고 기사에게는 이 년이 넘도록 같이 지내면서도 단 한 번도 들어보지 못한 소리였다. 그녀가 자신을 좋아한다는 것은 고 기사 자신도 알고 있었다. 물론 그도 그녀를 끔찍하게 사랑하고 있었다. 그러면서도 그녀를 대하는 그의 태도는 오히려 다른 여직원에게 하는 만큼도 못 될 만치 냉랭했다. "타이핑 좀 잘 쳐라. 화장이 그게 뭐냐" 하는 식으로 구박이나 안 하면 다행이었다.

"쳇, 사랑한단 말 한마디 하면 입이 부르트나."

미스 최는 고 기사 생각에 또 부아가 치밀었다. 사랑이란 게 아무리 가슴으로 주고받는 것이라지만, 여자란 모름지기 귀에 탁 와서 박히도록 "사랑해" 소리 한마디 해주는 쪽에 더 끌리게 마련 아닌가!

시인은 이번에는 미스 최 옆 자리로 옮겨와 앉더니 그녀의 머리를 들썩이며 계속 코를 킁킁 거렸다. 순간 미스 최는 머리를 감지 않은 생각이 나 뜨끔했다. 아침부터 수돗물이 단수가 되는 바람에 겨우 세수만 하고 나온 것이었다. 그래서 그녀는 조금은 불안한 목소리로 물었다.

"왜 그래요? 무슨 냄새가 나요?"

"머리칼에서 숲 냄새가 나서 그라요."

"숲이라고요? 숲 근처에도 얼씬거리지 않았는데."

"그랑께 상징이제."

그녀는 또 감동하고 말았다.

'역시 시인은 달라!'

카페를 나온 시인은 영상예술을 감상하러 가자고 했다.

"뭐 근사한 프로 없을까? 미스 최 보고 잡은 거 없소?"

하지만 그녀는 보고 싶은 것이 있다고 해도 결코 말할 수 없는 입장이었다. 괜히 자신의 수준이 그의 앞에서 형편없이 추락하면 곤란하니까.

"거시기한 찐한 것 보러가세. 미스 최."

그는 시인과 어울리지 않게 이름도 야하고 난잡한 포스터의 영화 하나를 골랐다.

“그건 좀 수준이 천박한 것 같은데요.”

“미스 최, 고런 말 말어. 서민들의 모습을 알아야 진정한 글이 나오는 거여. 그리고 시인은 뭐, 거시기 안 하고 사남?”

“아, 네.”

미스 최는 더 이상 대꾸할 말을 잃은 채 쫄래쫄래 그를 따라 영화관으로 들어섰다.

미심쩍은 마음이 꼼지락거린 것은 그때부터였다. 그런데 아니나 다를까! 컴컴한 자리에 앉으면서부터 시인이 갑자기 늑대로 둔갑하는 게 아닌가.

슬금슬금 그의 검은 손은 당장이라도 그녀를 삼켜 버릴 것만 같이 혀를 날름거렸다. 사람들은 흘끔거리며 그들을 보더니 다른 좌석으로 모두 달아나 버렸다. 젯밥에만 마음을 둔 돌중마냥 영화는 안중에도 없었다. 영화 속의 주인공은 가만 있는데 그 혼자 몸이 달아서 안달이었다. 아무래도 한바탕 키스신이라도 벌일 자세였다.

미스 최는 있는 힘을 다해 늑대를 의자 밖으로 밀어뜨렸다. 동시에 늑대 한 마리가 통로 바닥으로 나동그라지며 엉덩방아를 찧었다.

“아따, 뭔 여자가 고로콤 힘이 세다냐. 매력 없게 시리. 이렇게 힘센 여자는 첨 보것네.”

늦대가 구시렁거리며 의자 위로 올라와 앉았다. 그러고도 또 미련이 남은 손버릇에 미스 최, 이번에는 그의 따귀를 힘껏 올려붙이고 훌훌 영화관을 벗어났다.

거리의 햇살이 따사롭게 그녀의 온몸에 내리쬐었다. 문득 건강하게 그을린 고 기사의 얼굴이 보고 싶어졌다. 월요일, 회사에 출근한 미스 최는 고 기사를 보자 울컥 반가움이 일었다. 마치 하루 안 본 것이 한 달은 된 것처럼 느껴졌다. 그녀는 사원들의 눈도 잊은 채 살며시 그의 어깨에 자신의 머리를 갖다 대었다. 건강한 신체에 건전한 정신이 깃든다더니, 역시 그에게는 아직은 때 묻지 않은 싱그러움이 느껴졌다.

“어어! 아침부터 왜 이래, 미스 최! 사람들이 쳐다봐.”

고 기사가 기겁을 하며 그녀를 밀쳐냈다.

“자기한테 숲 냄새가 나서 그래.”

“숲? 무슨 숲? 샴푸 냄새야. 아침에 머릴 감고 왔거든.”

“그러니까 상징이지, 그것도 몰라!”

미스 최는 팩 내쏘고는 자리로 돌아왔다. 그러다 문득 궁금한 게 있어 명함을 꺼내 전화 버튼을 꾹꾹 눌렀다. 이어 시인의 목소리를 확인하고는 물었다.

"어제 제 머리에서 숲 냄새가 난다고 했죠? 그 숲이 상징하는 게 뭐죠?"

"상징은 무슨, 땀 냄새만 폴폴 납디다. 나 바빠요."

미스 최는 끊어진 수화기만 멍청히 바라볼 수밖에 없었다.

"시인만 좋아하지 말고 책의 해니까 시집도 좀 보고 그래."

고 기사가 자신이 읽던 손때 묻은 시집을 그녀 책상 위에 가만히 놓아두고 가는 게 아닌가. 늑대가 엉터리 시인이었다는 걸 안 것은 며칠 뒤 친구를 통해서였지만, 고 기사가 시를 쓴다는 것을 안 것은 그보다 훨씬 뒤의 일이었다.

"아직 등단도 못한걸 뭐."

사보에 실린 그의 시를 보고 감동해 있는 미스 최 앞에서 고 기사는 수줍은 듯 머리를 긁적였다.

"그래도 자기는 진짜 시인이야."

장마

지하도 밖에는 장대비가 쏟아져 내리고 있었다. 출구 앞에 멈춰 선 숙의 얼굴은 먹장구름만큼이나 시커먼 걸레상이 되었다. 좀 전 회사 문을 나설 때만 해도 창창하기만 했던 하늘이었다.

장마철 날씨야 변덕이 죽 끓듯 한다는 것쯤은 그녀도 모르는 바는 아니었지만, 앞서는 귀찮음에 설마하고는 우산을 회사에 두고 온 것이 탈이었다.

"어쩌나, 개X도 약에 쓰려면 없다더니."

숙은 주위를 두리번거렸다. 이럴 때면 비를 만난 개구리처럼 떠들어대던 우산장사도 오늘따라 코빼기도 보이지 않았다. 그렇다고 비가 그치기만 마냥 기다리고 있을 수도 없는 노릇이었다.

다른 때 같으면 '까짓것' 하고는 미치광이처럼 빗속을 뛰어

볼 수도 있었을 것이다. 하지만 오늘은 기다리고 기다리던 대망의 토요일, 선보는 날이 아닌가 말이다.

정성들인 머리 손질이며 정장을 망치는 것쯤이야 문제도 아니었다. 한여름에 엷은 옷을 걸치고 흠뻑 젖은 모습을 상상해 보라. 그 흉물스러운 모습을 하고 양가 부모와 남자가 기다리고 있을 장소에 어찌 감히 들어설 수 있겠는가.

방법은 오직 하나 도움의 손길을 찾는 수밖에. 하지만 지하도에서 나오는 사람들은 어쩌면 하나같이 그리도 매정한지, 처량하게 서 있는 그녀 따위야 안중에도 없다는 듯 후다닥 제 머리만 가리고는 총총히 떠나 버렸다.

"쳇! 그 우산, 바람에 확 부러져 버려라."

숙은 애매한 사람들에게 저주 아닌 저주를 퍼부어 댔다. 그녀 역시도 우산을 가졌을 적에는 그들과 똑같았다는 사실은 까맣게 잊은 채.

아무래도 그녀 쪽에서 먼저 말을 걸어 도움을 청하는 것이 빠를 성싶었지만, 사람들의 관상을 보고 나면 나오려던 말도 꿀꺽 넘어가 버렸다.

얼굴들이 어쩌면 그렇게 무표정한지 꼭 자동으로 움직이고 있는 복제인간 같았다.

　전철은 오 분 간격으로 꾸역꾸역 사람들을 뱉어내고 있었지만 기다려도 그녀를 위해 한쪽 어깨를 적셔줄 사람은 하나도 없었다. 약속 시간은 점점 지나가고 비는 갈수록 드세지기만 할 뿐이었다.

　"에라, 모르겠다."

　숙이 마음을 다지고 빗속으로 뛰어나갈 태도를 취할 때였다. 계단 아래쪽에서부터 들려오는 콧노래 소리! 그녀 또래쯤 되었을까. 서글서글해 뵈는 인상 좋은 청년이 한 명 올라오고 있었다. 게다가 손에 든 큼지막한 우산, 그토록 기다리던 마음에 쏙 드는 물고기가 아닌가.

　"저…… 죄송하지만 우산 좀 씌워주시면 안 될까요?"

　숙은 교태어린 눈웃음을 낚싯밥으로 대신하여 힘껏 줄을 던졌다.

　"어디까지 가시는데요?"

　"저쪽으로 쭉 가면 호텔이 하나 있는데, 거기까지만 데려다 주시면 돼요."

“전 그쪽으로 안 가는 데요.”

“아이, 아저씨 좀 부탁해요. 선보러 가는 중인데 홀딱 젖어서 들어설 순 없잖아요.”

순간 청년의 얼굴에 아주 잠깐 짓궂은 웃음이 흘러내렸다.

“그럴 것 없이 저랑 커피 한잔만 마셔주면 이 우산 그냥 드리겠습니다. 물론 커피는 제가 사는 겁니다.”

“하지만 전 지금 시간이 없어요.”

“바로 이 옆에서 차 한잔 마시는데 무슨 시간이 필요합니까. 잠깐이면 돼요.”

“정말 커피만 마시면 우산을 줄 거예요? 나중에 딴소리 하는 거 아니에요?”

“천만예요. 아무리 요즘 ‘남아일언 풍선껌’ 이라지만 전 한 입 갖고 두 소리 하는 놈 아닙니다.”

숙은 그와 함께 지하도 옆 커피 전문점으로 들어갔다. 셀프 매장이라 커피가 나오는 데는 일 분도 걸리지 않았다. 그녀는 커피에 냉수를 타서는 선 채로 후루룩 후루룩 마셔 치웠다. 그리고는 황급히 말했다.

“우산 주세요. 커피 다 마셨으니까.”

청년은 입만 떡 벌린 채 멍한 얼굴이 되었다. 뭔가 계산 착

오임이 분명했다. 하지만 이내 표정을 수습하고 말했다.

"안 돼요. 십 분 이상 앉아 있어야 돼요"

"무슨 소리에요? 커피를 마시면 준다고 했잖아요!"

숙은 팩 쏘아붙이고는 청년 옆에 세워져 있는 우산을 집어
들었다. 하지만 청년은 순식간에 우산을 낚아챘다.

"왜 빼앗아가요? 남의 우산을!"

"어째서 이게 아가씨 거요? 내 거지."

"커필 마셨으니까 내 거죠! 내놔요, 어서!"

둘은 급기야 우산을 놓고 줄다리기를 해가며 목에 핏대를
세웠는데, 싸움은 커피점에서 쫓겨나서도 계속되었다. 거리
에서 비를 줄줄 맞으며 팔딱거리는 두 남녀. 양상은 점점 묘하
게 변해가고 있었다.

"야! 가져라 가져. 나 원 별 일을 다 보겠네!"

"아이고, 더럽고 치사해서 안 갖는다. 야! 너나 쓰고 가다가
찻길에 미끄러져라."

"걸레 물고 태어났냐? 무슨 여자 입이 이렇게 거칠어."

"흥, 그런 너는 행주 물고 태어나서 그렇게 깨끗하냐!"

이번에는 서로 상대 쪽에 우산을 내팽개치며 거위처럼 꽥 꽥거리는데, 남들이 볼 땐 여지없는 사랑싸움이다. 그런 와중에도 어느새 숙은 약속한 호텔 앞까지 오기는 왔는데, 몸은 물독에서 건져낸 생쥐 꼴에 씩씩거리는 숨소리, 게다가 시간은 삼십 분이나 지났으니…….

"죄송합니다."
숙은 온몸으로 물을 뚝뚝 떨구며 고개를 푹 숙였다. 눈이 휘둥그레진 양가 부모며 남자 쪽의 놀란 얼굴이 붉으락푸르락!
'당연하지 당연해. 이런 꼴로 나타났으니.'
숙이 그런 생각에 잠겨 있는데 느닷없이 눈앞에 툭 떨어지는 징글징글한 우산 하나! 그리고 물귀신처럼 서 있는 빗물 귀신.
"나도 고집이 있는 놈이라고! 이 꼴로 호락호락 물러설 것 같아! 흥, 누가 이기나 보자고."
그는 아직도 분이 풀리지 않는지 씩씩거리며 소리쳤다. 선이고 뭐고 엉망진창이 돼버린 것은 물론이다. 상대 쪽 사람들은 뒤도 돌아보지 않고 떠나버린 것이다. 그제야 모든 것을 체념해버린 그녀의 모친은 딸의 머리를 '쿡' 쥐어박으며 말했다.

"애인이 있으면 진작 말할 것이지. 이 무슨 해괴한 짓으로 집안을 욕보이니 그래."

"그게 아니라, 엄마."

"듣기 싫다. 물에 빠진 꼴 하니…… 둘이 아주 꼭 닮았구나. 그래, 총각은 이 애랑 사귄 지 얼마나 됐수?"

"네? 그러니까 오 분, 아니 한 오 년은 된 것 같습니다. 히히."

숙은 돌변해버린 청년의 능청에 입만 '허' 벌릴 수밖에 없었다. 하지만 이상하게도 그 말을 부정할 마음이 생기지 않았다. 그녀 역시 그를 만난 것이 한 오 년쯤 된 것 같았다.

둘이 밖을 나섰을 때 거리엔 거짓말처럼 햇볕이 쨍쨍 내리쬐고 있었다. 우산을 안에 두고 온 것을 까맣게 잊을 정도였다.

개해에는
개를
사랑하자고요

"요놈이 우리 아롱이랑 좀 닮은 것 같네요."

지하도에 앉아 상자 속 강아지를 한참 만지작거리던 견 여사는 그럴싸한 놈 하나를 골라들고 값을 치렀다.

아무리 '개의 해'라지만 별일이었다. 개라면 자다가도 도리머리를 흔들던 그녀가 손수 강아지를 살 때가 다 있으니 말이다.

견 여사는 개라면 정말 딱 질색이었다. 약간의 결벽증과 어릴 때 송아지만 한 셰퍼드에게 물린 경험이 개에 대한 거부감을 갖게 한 것 같다. 하지만 남편과 아이들은 개라면 죽고 못 살 정도로 좋아했다. 때문에 그녀의 감정과는 아랑곳없이 집에선 잡종개 한 마리가 귀족처럼 자라고 있었다. 견 여사로선 여간 짜증나는 일이 아니었다. 여기저기 날아다니는 털하며 배설물 치우는 귀찮음이야 그렇다 치자. 견 여사는 손도 안 대고 상에만 올리는 그 비싼 영광굴비를 남편이 통째로 털썩 개 앞에 던져주곤 하니 그녀로서는 부아가 치밀다 못해 놈을 당장 보신탕이라도 해버리고 싶은 심정이었다.

몇 십만 원한다는 족보 있는 외국산 순종이나 되면 또 모른다. 골목 쓰레기통이나 뒤지고 다닐 듯한 똥개같이 생긴 것이 온갖 영화를 다 누리고 있으니. 그런데도 남편은 우리 토종개가 어쩌고 해가며 녀석에게 여간 정성이 아니었다. 묶어놓지도 못하게 하고 마당에 풀어 기르며, 훈련을 시킨다고 수선을 피워가며 말이다.

그럴수록 견 여사는 녀석이 점점 더 얄미워졌다. 밉살맞은 첩의 자식이라도 보는 심정이랄까?

녀석도 저 싫어하는걸 아는지 견 여사만 보면 꼬리를 슬슬 피하고 달아났다. 개 주제에 감히 밥 주는 주인을 배척하다니. 견 여사로선 그 또한 여간 괘씸하지 않았다.

밉살스럽기는 남편도 마찬가지였다. 퇴근해서 오면 문간에서부터 "아롱아! 잘 있었니?"를 첫마디로, 녀석이랑 껴안고 부비고 하는 모습은 영락없이 심봉사와 심청이의 상봉 장면이었다. 반면, 그녀에게는 기껏 한다는 인사가 "나 왔어" 아니면 "밥 줘"가 고작이니, 마누라는 개만도 못해 보이는 건가?

그렇다고 평소에 감히 개를 어떻게 할 작정을 했던 것은 아니었다. 그것은 실로 우연한 기회에 느닷없이 행해진 일에 불과했다.

보름쯤 전, 초인종이 울려 나가보니 개 있으면 팔라는 것이었다. 그와 함께 순간적으로 견 여사는 녀석을 줘버리기로 마음을 먹었다.

"이런 개는 별로 값이 안 나가요. 이만 원밖에 안 되겠는데……."

견 여사는 두말 않고 개장수가 쥐어주는 대로 받아들었다. 놈이 없어지는 것만으로도 속이 시원할 판인데 돈까지 생겼으니 이렇게 좋을 때가. 그녀는 그 돈으로 쇠고기 두 근을 샀다. 그것이 보신탕이라도 되는 듯, 저녁 식탁에 올려놓아 내심 복수라도 하고 싶었던 것이다.

그리고 다급하게 개의 행방을 묻는 남편에게 견 여사는 심드렁하게 내뱉었다.

"몰라요. 아무리 찾아봐도 없어요. 대문이 잠깐 열린 새에 없어졌더라고요. 흥, 바람나서 나간 거죠 뭐. 족보도 없는 똥

개가 어련하려고.”

“우린 아롱인 그런 개가 아냐.”

남편과 아이들은 개를 찾는다며 오밤중까지 온 동네를 뒤지고 야단이었다. 대문도 못 잠그게 하고 밤새 문 밖을 들락날락 수선을 떨어가며.

첫날이야 어느 정도 예상했던 바였다. 좀 지나면 잊어버리겠지…… 하지만 견 여사의 생각과는 달리 날이 갈수록 그들의 태도는 가관이 아니었다.

아이들은 과자만 보고도 아롱이를 부르며 울먹거렸고, 남편 역시 허구한 날 대문을 열어 놓은 채로 녀석을 기다렸다. 그러더니 아이와 남편은 그녀를 의심하기 시작했다.

“어디 끌려갔지? 그치? 엄마. 안 그러면 왜 안 오는 거야. 우리 아롱이가 얼마나 영리한데.”

“혹시 당신이 누구 줘버린 거 아냐?”

“무슨 소릴 그렇게 해요! 아무렴, 내가?”

견 여사는 양심의 가책을 숨기려 애써 목소리를 높였다. 아니, 양심도 양심이려니와 그녀 역시도 날로 조금씩 커져가는 아롱이를 향한 그리움에 견딜 수가 없었다.

문 밖에서 바스락 소리만 나도 컹컹 대던 녀석이었다. 그런데 녀석이 없으니 대문만 덜컹대도 불안해서 잠을 잘 수가 없었다. 게다가 눈만 감으면, 끌려가지 않으려고 뻗대던 녀석의 원망서린 눈망울이 자꾸 떠오르는 것이 아닌가. 후회한들 이젠 이미 세상에 있지도 않을 판이었다.

그러던 중 오늘 그녀 손으로 강아지를 구해오고 나니 그간의 죄책감이 조금은 가시는 기분이 들었다.

'애들과 남편이 어서 왔으면……'

견 여사는 토요일 한나절을 시계만 보며 지냈다. 그런데 원 세상에!

대문을 들어서는 남편의 품에 웬 귀신 뼈다귀가, 아니 귀신 같은 개 한마리가 안겨 있는 것이 아닌가! 등가죽이 들러붙은 배, 빠짝 마른 몰골의 퀭한 눈. 하지만 몰골이 아무리 변했어도 놈은 분명 그녀가 팔아버린 아롱이임에 틀림없었다.

"문 앞에 앉아 있더라고. 목에 묶인 끈 좀 봐. 어디 잡혀갔다가 도망친 것 같아."

남편은 감격해서 아롱이에게 얼굴을 부비고 야단이었다.

그리곤 이어 품속에서 또 한 마리의 강아지를 꺼내놓았다.

"이 녀석이 온 줄도 모르고, 요 앞 지하도에서 팔고 있기에 아롱이 생각이 나서 샀지 뭐야."

오 마이 갓! 졸지에 개 세 마리가 생긴 것이다. 거기까지만 해도 다행이었다.

"아줌마, 개를 주든지 아니면 개 값 이만 원 도로 돌려 주세요!"

어느새 나타났는지 남편의 등 뒤로 개장사가 와서 서 있는 것이 아닌가. 견 여사의 쩍 벌어진 입을 어찌 다물어야 할지 모르겠다.

헛수고

　미스 홍에게는 지금도 지갑에서 천 원짜리를 꺼낼 때마다 혹시 오천 원짜리가 아닌가 해서 몇 번씩 확인하는 버릇이 있다.

　지금으로부터 십년 전의 일이다.

"어디까지 가시겠습니까?"

"저 서울 쪽으로 가다가 이천칠백 원어치가 되면 대충 내려주세요."

　택시기사는 어이가 없는지, 출발할 생각도 않고 미스 홍을 빤히 쳐다보았다. 그도 그럴 것이 대낮이면 또 모를 일이었다. 새벽 한 시가 넘은 시간에 아가씨 혼자 택시를 붙들어 세우고는 이천칠백 원어치만 가달라니!

"대체 어디까지 가기에 그래요?"

“동교동이 집인데 가진 돈이 없어서.”
미스 홍은 할 수 없이 자신의 처지를 설명하였다.

친구들 셋이서 피서를 다녀오던 길이었다. 이번 휴가는 제
발 북적거리지 않는 곳을 찾아보자며 정한 것이 서해의 어느
작은 섬이었다. 정말 섬으로 오길 잘했다며, 신선처럼 꿈에 취
해 보낸 사흘이었다. 그리고 예정대로라면 벌써 사흘 전에는
집에 도착했어야 한다.

그런데 떠나기로 한날 급작스레 몰아친 망할 놈의 태풍 때
문에 그만 발이 묶여 버렸지 뭔가. 계획의 두 배로 모든 것에
차질이 생긴 건 물론이었다. 그러다보니 갖고 있던 여비도 바
닥이 나버렸고, 서울로 올라오는 날 아침에는 눈치도 없이 배
에서 ‘꼬르륵’ 소리가 났다.

밥부터 먹고 보자는 친구의 말에 허겁지겁 먹고 나니, 이제
정말 각자에게 남은 돈은 시외버스 터미널에서 집까지 가는
교통비가 고작이었다. 게다가 둘의 집이 수원 근처라서 종착
지는 수원으로 정해졌다. 서울보다는 수원까지가 그래도 약
간 쌌기 때문이다. 둘에게는 수원서 집까지의 시외버스비가
천 원씩, 홍에게는 서울까지의 전철비 칠백 원만 달랑 주어

졌다.

　그런데 그만 길이 막혀 버스도착 시간이 지연되는 통에 수원에 내리니 이미 전철은 막차까지 떠나고 없었다. 아무래도 택시를 타야 했다. 둘은 꽁무니가 빠져라, 하고 후다닥 건너편 택시 정류장으로 달아났다.

　미스 홍에게는 천 원짜리 두 장을 빼 꿍쳐 놓은 것이 있었지만, 그것 갖고는 턱도 없었다. 친구들 앞에서 배낭을 열어, 지갑을 찾는 척하며 안에다 지폐 두 장을 떨어뜨리는 게 쉬운 일은 아니었다. 겨우 잡은 것이 천 원짜리였다.

　"○○아파트!"

　합승 손님이 차를 세웠다. 할머니였다.

　미스 홍은 '휴~' 하고 안도의 한숨을 내쉬었다. 그래도 앞에 할머니라도 있어주니 얼마나 다행인지 몰랐다. 그런데 이게 웬일인가!

　"아저씨, 나가 며느리 땜시 속이 상해 집을 나와 딸네 집에 가는 길인디, 돈이 쬐끔밖에 없어 차비가 모자라는 것 같은디?"

　"나 참, 오늘 무슨 날인가! 대체 얼마나 모자라시는데요?"

“쬐금밖에 없는디.”

“할 수 없죠 뭐. 있는 대로 주세요.”

“삼백 원인디…….”

할머니는 경로우대증 한 장을 내밀었다.

기사가 어이없어 할 말을 잃은 채 노인 얼굴을 빤히 쳐다보았다.

“근디 이걸 줘버리면 낼 아침에 아들네 집에 갈 차비가 없어가꼬.”

“그럼 처음부터 돈이 없다고 하셨어야죠! 누굴 지금 놀리는 겁니까? 내릴 때쯤 이러시면 어떡해요. 차라리 솔직히 말씀하셨으면 좋은 마음으로 태워드렸을 거 아니에요. 따님 집이 어디에요? 택시비 갖고 나오라고 하세요.”

“그게…… 갸도 어렵게 살아서.”

“이 할머니가 정말!”

기사는 화가 나서 길길이 날뛰다가 할머니를 그냥 내려주었다.

택시는 얼마 안 가서 또 합승을 했다. 요금은 이미 약속보다 훨씬 넘쳐 있었고 행선지는 그녀가 생각한 방향과는 엉뚱한 성수동 쪽으로 향하고 있었다.

"아저씨, 그리로 가면 더 멀어서 저 걸어갈 수도 없어요."

"가만 좀 있어요! 모로 가든 바로 가든 데려다만 주면 될 것 아니오! 오늘 손해 본 걸 뭐로라도 채워야지."

'뭐로라도 채운다고?'

순간 그녀는 불안해지기 시작했다.

"꽤 피곤할 텐데 졸리면 자요. 일 마치고 나면 집 앞에 내려 줄 테니까."

미스 홍의 손에 땀이 흥건히 젖어들었다. 숨조차 쉴 수가 없을 지경이었다. 그녀는 모든 걸 운명에 맡긴 채 눈을 꼭 감고 속으로 하느님만 불러댔다.

"아가씨, 다 왔으니까 그만 자고 일어나요."

헌데 이게 웬일인가? 눈을 떠보니 정확히 집 대문 앞이었다.

"모르겠어요? 나 이 앞집에 살잖아요. 몇 번 본 적 있는데 기억 안 나요?

"세상에! 그럼 진작 말씀해 주시지. 놀랐잖아요."

"앞으론 조심하라는 뜻에서 맘고생 좀 시킨 거요. 나도 아가씨만 한 딸이 있어."

미스 홍은 감사에 감사를 더하며 배낭에서 지폐 두 장을 꺼내 내밀었다.

"이거 만 원 아니오?"

"네? 아니 이런!"

천 원짜린 줄 알았던 돈이 오천 원이었던 것이다. 컴컴한 배낭에서 급히 빼놓느라 오천 원짜리를 천 원짜리로 잘못 본 모양이었다.

그녀는 갑자기 허탈감이 밀려오며 온몸에 기운이 빠지는 것 같아 그만 바닥에 주저앉아 버렸다. 그때부터 미스 홍은 천 원짜리를 내고 나면 자꾸만 오천 원짜리를 잘못 낸 것 같은 걱정이 머리를 떠나지 않았다.

양로원과 노후대책

우리 집에 늘상 놀러 오시는 동네 할머니 한 분이 있다. 여든이 가까운 연세로 혼자 사시는 노인인데 나의 어머니와 친한 말벗으로 지내신다.

자식은 있지만 젊어서 재취로 들어간 까닭에 모두가 전처 소생이라고 한다. 그들 모두 결혼을 시키고 내외끼리 살다가 남편과 사별한 뒤로는 혼자가 되셨다고 한다. 자식들도 친어머니도 아니고 하니 아버지가 세상을 뜬 뒤로는 모른 채 하는 모양이었다.

어머니는 할머니가 안됐다는 소리를 입버릇처럼 달고 사신다. 어머니를 아는 사람이라면 할머니 얘기를 모르는 사람이 없을 정도이다. 그리고 맛난 음식이 있든지 무슨 때가 되면 언제나 그분 몫을 따로 챙겨두곤 하신다.

할머니는 전세방에 살면서 희망근로에 나가고 있다. 거기

다 동사무소에서 약간의 생활보조금도 받고 있어 당장 생활
에 큰 어려움은 없는 것 같아 보였다.

물론 외롭겠지만 일 나가면 노인 친구분들이 많아 그런대
로 즐겁게 지내신다. 사후에는 성당에서 장례식을 치러 주기
로 했다며 신앙생활도 아주 열심히 하고 계신다. 돈 쓸 일도
별로 없고 하니 버는 대로 저축도 해가며 바쁘게 사시는 모습
이, 어찌 보면 자식들 밑에서 구박이나 받고 있는 것보다 더
나을 성싶기도 했다. 현재로 봐서는 그렇게 사시다 돌아가셔
도 아무 문제될 게 없는 셈이다.

그런데 어머니 말에 의하면 요즘 할머니는 틈만 나면 양로
원을 둘러보고 다니신다고 한다.

"하룻밤 사이에 어떻게 될지 누가 아니? 덜컥 드러눕
기라도 해 봐라."

하루하루가 불안해서 견딜 수가 없는 모양이었다. 벌지 않
으면 먹고살기도 힘든 판국에 병이라도 들어 벌어둔 돈마저
다 탕진해 버리면 큰일이었다. 정부에서 주는 생활보조비라
야 매달 쌀값, 가스값 정도가 고작인데 게다가 병수발은 누가

하느냐는 것이다.

주인집의 눈치도 만만치 않다고 한다. 대놓고 나가란 소리
는 할 수 없으니 전세금을 올려 버린 것이다. 이사를 가려해도
팔순이 다 된 노인에게 방을 줄 리도 없고 하여, 모아둔 돈을
모두 오른 전세금으로 밀어 넣어야 했다. 겨우 사정해서 요구
한 것의 절반만 올려주고 눌러 살고 있지만 심기가 편할 리 없
었다. 행여 송장 칠 일이라도 생길까 싶어 노심초사하는 집주
인 때문에 아파도 아픈 내색을 할 수도, 마음 편히 쉴 수도 없
는 형편이란다.

그래서 양로원에 들어가려고 생각중인데, 건강할 때 들어
가는 편이 유리하지 않을까 싶어 여기저기 찾아다니며 알아
보고 있단다. 하지만 아무리 다녀 봐도 마음에 드는 곳이 좀체
나타나지 않는 모양이다. 우리나라 양로원 대부분이 영세성
을 띠고 있어 보지 않아도 빤한 실상이다. 낙후된 시설하며,
스테인리스 식판에 담겨진 형편없는 식사, 게다가 하나같이
버려진 비참한 노인들의 눈물 섞인 한숨.

그래도 아직까지는 세끼 식사 사기그릇에 단정히 담아 드
시고, 막걸리 생각나면 돼지고기 안주 정도야 마련할 수 있는
할머니로서는 그곳의 생활이 내키지 않는 것은 당연하다.

종교기관에서 운영하는 곳은 좀 낫지 않을까 하며 기왕이면 그쪽으로 더 찾아보려는 모양이었다.

"돈만 있으면 대우가 괜찮다던데……."

어머니도 걱정이 되는지 만나는 사람마다 붙들고 그 얘기다. 내 생각에는 유료가 아닌 이상 아무리 돈을 가지고 간다고 한들 기본생활에는 별 차이가 없을 것 같다. 다른 사람은 식판에 담아 먹는데 혼자 밥그릇에 담아 달랄 수도 없는 노릇이고, 누구는 푸슬푸슬한 밥에 김치조각을 먹고, 누구는 기름진 밥에 고기반찬을 먹을 리도 없을 것이다. 종교기관에서 운영한다고 해도 쥐꼬리만 한 국고 보조와 교회 보조, 자원봉사자 중심으로 운영되고 있으니 영세한 것은 마찬가지이다. 최악의 상황만 면할 뿐이지 대우를 받으면 얼마나 받겠는가.

문득 얼마 전 지하철에서의 일이 떠오른다.

"노인네가 자식 밑에서 밥이라도 얻어먹고 있으려면 눈치껏 행동해야지."

사십대 중반쯤 되어 보이는 여자 셋이 나란히 앉아 시어머니 흉을 보고 있는 것 같았다. 안 모실 수도 없고 어쩌고 하며, 얘기는 차츰 시어머니를 데리고 있는(모신다기보다는 데리고 있다는 쪽이 적합했다) 자신들의 고충을 쉴 새 없이 늘어놓았다.

"나는 딸만 있어서 상관없지만 너희는 남 말할 때가 아니야. 앞으로 얼마 안 남았잖아."

그중 한 사람이 아주 자신 있는 목소리로 둘에게 면박을 주었다. 그러자 이구동성으로 하는 말이 자신들은 절대 자식에게 기대 살지 않겠다는 것이다. 노후준비만 제대로 해놓으면 자식 귀찮게 하며 짐 지울 필요없이 따로 살아도 문제없다고 한다. 젊어서 식구들 뒷바라지하느라 고생만 했으니 노년은 여유 있고 즐겁게 지낼 것이란다.

"난 양로원에 들어갈래."

"실버타운에 들어가면 되지. 외국처럼 풀장 같은 시설도 있고 상주하는 의사들도 있고…… 휴일에 자식들이나 찾아오면 만나고."

"미쳤어? 양노원에 왜 가? 난 아파트 얻어서 내 손으로 밥 해 먹고 살 거야."

"그건 건강할 때 얘기고. 병들고 기력 떨어지면 어떻게 혼자 생활해?"

화제는 어느새 양로원 찬반론으로 나누어져 갑론을박 하며 아주 심각하게 이어져 갔다. 그 진지함에 나뿐만이 아니라 주위에 있는 몇몇 사람들도 청각을 곤두세우며 그들을 주시하고 있었다.

반대하는 쪽의 거부감은 대단했다. 아무리 시설이 좋아도 무슨 전염병 환자처럼 따로 격리된 상태라 사람 살 곳이 못된다고 했다. 이리 봐도, 저리 봐도, 모두가 갈 때 다된 노인네들 투성인데 그 우중충함 속에서 무슨 재미로 사느냐는 것이었다.

"그건 우리가 아직 젊은 눈으로 봐서 그래. 우리도 할머니가 되면 늙은이라고 해서 우중충하게 느껴지지 않을 거야. 오히려 젊은 애들 속에서 소외 당하느니 같은 처지의 마음 맞는 사람들끼리 모여 있는 게 훨씬 재미있을지도 몰라. 세상에 노인들을 위한 게 뭐가 있어. 다 젊은 애들 위주지."

"그런 소리 말아. 자고로 세상은 여러 계층이 섞여서 살아야 제대로 사는 맛이 나는 거라고."

"혼자 살다 병들면 어떻게 할 거야? 양로원에 들어가는 게 제일 나아."

"어쨌든 난 양로원은 싫어."

"차라리 시골 가서 전원주택을 지어 살까?"

"아냐. 늙을수록 도시에서 사람들 속에 섞여 살아야 치매가 안 온데."

　그들의 팽팽한 논쟁을 듣고 있던 나는 내 노후는 어떻게 할지 생각해 보았다. 그러다 이내 그만두고 말았다. 그때를 생각한다는 것조차 나로서는 끔찍했기 때문이다. 아직도 몇 십 년 뒤의 일이고, 지금 같아서는 할머니가 된다는 사실만도 믿기 싫을 지경인데 양로원까지 생각해야 하다니 싶었다.

　나를 제쳐두고 나니 어머니가 떠올랐다. 당장은 별 탈 없이 지내고 계시지만 만약을 장담할 수 없는 노인이시다. 혹시 잘못되어 누워 있게 되든지, 막말로 노망이라도 들어 대소변 받아낼 처지가 된다면…….

　자식이라야 오빠와 나, 둘밖에 없다. 물론 나는 딸이라는 이유로 책임을 회피할 수도 있겠지만, 만약 오빠가 어머니를 돌보지 않으면 어쩌겠는가. 그렇지 않아도 고부 간의 감정이 상당히 좋지 않은 상태이다. 아직은 어머니가 한복장사를 하며 돈을 벌고 있고, 그런대로 함께 지내고는 있지만 앞일이야 어찌될지 모르는 일이다.

　어머니 말씀으로는 병이라도 들면 밥 한술 못 얻어먹을 것이라고 한다. 오빠의 결혼 때부터 시작된 앙숙관계가 이날 이

때까지 계속이다. 더구나 올케의 기는 갈수록 드세지는 반면
어머니는 점점 꺾여가고 있는 것을 느낄 수 있다. 이 방에선
어머니가, 저 방에선 올케가 각자 화풀이하듯 하소연들이니
나 역시 중간에서 입장이 여간 난처하지 않다. 하물며 오빠야
말할 나위도 없을 것이다.

"이담에 드러누워 똥오줌 싸게 되면 나는 막내랑 살 거
다. 니들 밑에서 그 구박을 어찌 받고 사니."

오래전부터 툭하면 어머니는 오빠에게 그러곤 하셨다. 나
도 그 말씀이 싫지 않았다. 어머니가 나를 더 믿는 것 같아 오
히려 기분이 더 좋았다. 하지만 요즘 들어서는 말이 씨가 되면
어쩌나 싶어 은근히 걱정이다.

내가 과연 어머니 수발을 들 수 있을까? 생각하면 암담해질
뿐이다. 나는 어릴 적부터 유난스레 비위가 약했다. 심할 때는
세탁비누 냄새에도, 혹은 쓰레기통 속의 음식찌꺼기를 보고
도 구역질을 해대곤 한다. 그런데 하물며 그런 일을…… 상상
만으로도 나의 입속에선 어느새 기분 나쁜 침이 고여 든다.

부모를 버린 자식들을 욕하면서도 한편으로는 양로원 복지

시설이 잘 좀 되었으면 하는 마음도 없진 않다. 지금의 실태로야 어디! 그 속에서 돌연 어머니 얼굴이 떠오른다. 내가 못된 탓일까?

내일 일은 더 이상 생각하고 싶지도 않다. 그저 건강하시기만 바랄 뿐이다. 우리 남매가 손가락질 받는 잘못만큼은 저지르지 않도록 말이다.

그날 영양제 한 통을 사들고 집에 들어간 나는 팔다리를 주물러드린다, 어쩐다 하며 모처럼 효도 아닌 효도로 호들갑을 떨었다.

"엄마, 건강 조심하세요. 길 미끄러울 땐 밖에 나가시지 말고요."

"그래, 고맙다. 어미 걱정해 주는 건 딸밖에 없다더니."

흐뭇해하는 어머니의 얼굴을 보기가 민망스럽고 부끄러웠다. 나는 그만 슬며시 고개를 떨구었다.

길들이지
말라고요

초등학교 교사인 R선생은 학기초만 되면, 특히 새로운 학교로 가서 저학년이라도 맡게 되면 그놈의 말썽 많은 촌지 때문에 여간 거북살스럽지가 않다. 하지만 그때마다 옛일을 떠올리며 자신을 길들이지 않기 위해 완강해진다.

R선생이 초년생 시절 발령받아 간 곳은 지방의 작은 신흥도시였다. 아파트가 밀집되어 있어 도시 같으면서도, 농지가 바라보이고 아직은 시골의 정감 같은 것이 남아 있는 그런 곳이었다.

R이 선생이 된 지도 어언 2년이 되어갔다. 그 사이 변한 것도 많았다. 우선 눈에 띄는 것으로는 국민학교라는 명칭이 초등학교가 됐다는 것이며, 그곳 아이들은 점점 도시화되어 오락기, 컴퓨터 같은 문명에 길들여져 갔고, R선생의 촌티 나는

순순함도 때를 벗어가고 있었다.

처음 부임해간 학교에서 일어난 일이다.

"엄마가요, 이거 선생님 드리래요."

꼬마 하나가 앞에 나와 쭈뼛쭈뼛거리더니 누런 봉투 하나를 내밀었다.

"뭐니, 이게?"

"엄마가요, 울릉도에 갔다가 사온 거예요."

받아드는 순간 봉투에서는 오징어 냄새가 물씬 풍겨왔다. 살짝 열어보니 아니나 다를까, 꽁지처럼 뻗어 있는 마른 오징어의 긴 다리가 눈에 들어왔다. 호기심과 질시가 서린 듯한 아이들의 눈망울이 온통 그 봉투에 향해 있었다. 선생은 수십 명의 반짝이는 눈빛에 당황하여 봉투를 서랍 속으로 얼른 던져버렸다.

'어쩌나?'

뇌물인지 내 물(物)인지 모를 그 놈의 것 때문에 R선생은 수업 내내 고민을 했다. 처음 선생으로 부임하면서 스스로에게 맹세한 몇 가지 금기사항이 있었다. 그중 첫째가 절대로 촌지나 뇌물을 받지 않는다는 것이었으며, 그 외에 감정적으로 아이들을 대하지 않고 편애하지 않는다 등등 교육학에서 공부한 바에 따라 나름대로의 금지목록과 규율을 정해 놓았다.

하지만 오징어는 자신의 목록에 없는 것이었다. R선생은 그런 혼란을 가지고 온 아이가 밉살스럽기까지 했다.

'돌려줄지 말지 값을 따져 보고 결정하자.'

아이들이 필기에 정신이 팔려 있는 사이, R선생은 서랍 속에 넣어두었던 봉투를 꺼내어 가방 안에 쑤셔 넣고는 살며시 교실을 나왔다. 그리고는 화장실로 들어가 문을 잠그고 봉투를 열었다. 화장실 안은 금세 오징어 냄새로 가득했다.

'원산지에서 산 거니까 한 마리에 천오백 원 정도 치고…….'

R선생은 오징어를 세기 시작했다.

"하나, 둘, 셋."

끝이었다. 몇 번을 세고, 쏟아내서 다시 세어 봐도 세 마리뿐이었다.

'혹시 배추 잎이라도 넣어 놓은 거 아냐?'

R선생은 봉투를 흔들며 쏟아도 보고, 오징어도 한 마리씩 흔들어 보고, 혹시나 하고 화장실 바닥도 살펴보았다. 하지만 자신이 생각한 그 어떤 것도 없었다.

"쳇!"

다행스러우면서도 한편으로 실망스러웠다. 모처럼 청렴성을 발휘할 기회였는데. 어찌됐든 그 정도라면 선생님을 향한 학부모의 따스한 정감으로 생각해도 될 성싶었다. 옛날 어머니들은 선생님에게 삶은 고구마도 싸 보내고 하며 감사의 정을 표현했다지 않은가.

그 후로부터 아이들은 엄마가 주었다며 드링크제며, 피로회복제, 커피 등을 심심찮게 들고 왔다. 대체로 만 원 안팎의 물건들이라 R선생은 부담 없이 받아들였다. 자신이 아이들을 잘 가르치고 있는 것에 대한 당연한 반응이라고 생각했던 것이다. 그리고 솔솔 날아드는 물품들에 어느 때부터인가 자신도 모르게 재미를 붙여가기 시작했다.

그중 한 어머니는 매달 말일 경이면 꼭 공중전화 카드를 보내왔다. 오천 원짜리였다. 공중전화를 잘 사용하지 않던 그녀였으나 카드가 생기면서 퇴근 후면 서울 친구들에게 시외전화를 걸어대는 습관이 생겼다. 카드는 처음 삼천 원짜리에서 몇 달 후엔 오천 원짜리로 바뀌더니, 다시 이천 원짜리 하나를 더 넣어 칠천 원짜리로, 그렇게 차츰차츰 커져갔다.

R선생은 이제 매달 말일이면 당연히 전화카드가 들어오는 것으로 생각하고 있었다. 그래서 항상 그때쯤에 끝나도록 카드를 사용하곤 했다. 그런데 어찌된 일인지 이번에는 한 달이 훨씬 지나도록 전화카드를 주지 않는 것이었다. 전에는 카드 없이도 잘 지냈는데 있다가 없으니 그것도 꽤 아쉬웠다.

'그냥 하나 사버려?'

'좀 있으면 생길 건데 그냥 버텨봐?'

몇 푼 되지도 않는 거면서 이상하게 사람을 치사스럽게 했다. 시간이 지나도 아이는 도무지 카드를 줄 생각을 하지 않았다.

'저 애가 가방 속에 넣어 놓고 잊어버린 건 아닐까? 핑계 김에 오늘 가방 검사를 해봐?'

별의별 생각이 다 들었다. 나중에는 당연히 줄 것을 주지 않는 그 아이가 꼴도 보기가 싫었다. 그러다 보니 괜스레 아이에게 퉁명스러워지고 조금만 잘못해도 큰소리가 나왔다. 하지만 그러고 나면 마음 한편으로 자신이 부끄럽고 혐오스러웠다.

‘젠장, 그깟 전화카드 하나 땜에 이게 뭐하는 짓이람.’

그날도 문제 풀이가 틀렸다는 이유로 그 아이를 된통 야단치고 난 R선생은 문득 자신에게 화가 치밀어 견딜 수가 없었다.

‘그까짓 것 내 돈으로 하나 사고 말자.’

그녀는 홧김에 당장 전화카드를 하나 사버렸다. 넉넉히 만 원짜리로 말이다. 그런데 다음날 아침이었다.

“엄마가 이거 드리래요.”

전날 야단맞은 그 아이였다. 아이는 기어들어가는 목소리로 앙증맞은 봉투 하나를 내밀었다. 한눈에 전화카드라는 걸 익히 알 수 있었다. 안에는 오천 원이라고 찍혀 있는 카드가 두 장이나 들어 있었다. R선생은 순간적으로 부아가 치밀었다.

하지만 감정을 한껏 누르고, 자리로 들어가려는 아이를 다시 불러 세웠다.

“도로 갖고 가서 어머니께 말씀드려. 선생님은 이런 것 필요 없다고.”

영문을 몰라 멀뚱히 쳐다보는 아이의 눈에는 금세 눈물이 그렁거렸다. R선생의 목소리에 자신도 모르는 짜증이 잔뜩 배어 있었던 것이다.

자리에 앉아 눈물을 찍어내는 아이를 보면서도 R선생은 흐뭇하기만 했다. 마음이 가벼워지면서 비로소 자신이 자유로워진 것 같았다.

그런데 바로 그 다음날이었다. 그 아이가 어제와는 달리 씩씩하게 걸어 나오더니 봉투를 책상 위에 턱 놓고는 들어가는 것이었다. 아이의 얼굴에는 뭔지 모를 자신만만함이 어려 있었다.

'어제 일로 기분 나빠서 편지를 보냈나? 그냥 받을걸 그랬나?'

R선생은 약간은 긴장된 마음으로 봉투를 열었다. 짧은 글의 편지가 한 장 나왔다.

어제는 정말 죄송했습니다. 용서하십시오. 제 소견이 좁은 탓에 결례를 범하게 되어 사과드립니다. 아무쪼록 모자라는 저희 아이를 잘 부탁드립니다.

선생은 어제의 행위에 다시금 흡족해하며 승리의 미소를 쏟아냈다. 아이들의 시선이 온통 바닥에 쏠려 있는 것도 모른 채 말이다.

비로소 아이들의 수군거림을 의식한 R선생. 시선이 바닥에 닿는 순간 그만 입을 쩍 벌린 채 어찌할 바를 몰랐다. 교실 바닥에는 어제의 그 전화카드와 종이 한 장이 떨어져 있었던 것이다.

'○○백화점 \ 100,000원'

그녀는 상품권을 집어 들고 자신의 책상으로 가서는, 수업도 잊은 채 오랫동안 앉아 있었다. 그리고 중얼거렸다.

"나를 길들이지 말라고요."

그녀는 오늘도 변함없이 학부모들을 향해 중얼거린다.
"길들이지 말라고요!"

편하게 살겠다고?

현관에서 남편을 맞이하던 강은 흘끗 시계를 보았다. 벌써 하루가 넘어가고 있었다. 남편은 사업차 지방에 내려갔다 오느라 늦었지만 아들은 뭣 때문에 또 늦는지, 입이 바짝바짝 마를 지경이다. 하지만 걱정도 잠시, "이 녀석 들어왔어?" 하고 묻는 남편의 호령이 언제 날아올지 점점 심장이 콩알만 해진다.

정말 내가 자식을 잘못 키우고 있는걸까? 매사에 똑 부러지고 자신만만한 강이었지만, 자식 문제만큼은 큰소리를 칠 수가 없다. 일류대학 출신인 자신들 부부와는 달리 재수까지 해서 지방대학에 들어간 것하며 고집 센 것 등, 남편은 그 모든 것이 그녀가 아들을 잘못 길들여 놓은 탓이라고 했다. 하지만 어디 학교라는 것이 마음대로 되는 것인가. 더욱이 아들이 학교보다는 학과가 더 중요하다고 하는 데야 뭐라고 하겠는가.

"그 애가 어때서?"

강은 고개를 젓는다. 외동이라 저밖엔 모르긴 하지만, 제할 일은 알아서 하고 양보다는 질을 따지며, 논리적이고 자기 주장이 강한 보통의 신세대일 뿐이다.

말썽이 된 자동차 문제만 해도 그렇다. 대학 규정상 일 학년 외엔 기숙사 생활을 할 수 없어 아들은 이 학년이 되면서 학교 근방에서 자취를 하게 되었다. 그것이 그녀로선 이만저만 신경 쓰이고 힘든 일이 아니었다. 차라리 먼 타국 땅에나 가 있으면 모를까, 두세 시간 거리의 코앞에 있으니 수시로 음식을 해서 들고 날라야지, 길은 막히지, 빨래며 이것저것 정리까지 해주고 돌아오면 녹초가 되어 버렸다. 게다가 아들에게 여자 친구가 생기고부터는 불안감까지 더해졌다. 젊은 마음에 혹시 일이라도 저지르면 어쩌나 하는 마음에 밤이고 새벽이고 불쑥불쑥 전화를 해보지만 눈에 보이지 않으니 영 편치가 않았다.

결국 강의 고집으로 아들은 삼 학년이 되면서 집에서 통학을 하게 되었다. 그런데 일 년간 잘 버티던 아이가 갑자기 자동차를 사내라고 야단이었다. 남편은 한마디로 거절이었다.

"건방지게 학생이 무슨! 통학버스 타고 다녀!"

아들 또한 한 발자국도 물러설 기세가 아니었다.

"돈 낭비만 낭비인 줄 아세요? 시간 낭비도 낭비라고요."

통학버스를 타려면 아침 강의가 있든 없든 무조건 새벽에 나가야 하는데, 그럴 때면 남는 시간을 때우고 다니느라 친구들과 쓸데없이 돌아다닌다고 했다. 게다가 수업이 끝나고 도서관에 가거나 무엇을 좀 하려고 해도 버스 시간에 매여서 아무것도 할 수가 없으니 자신은 시간의 노예나 마찬가지라는 것이다.

"나도 좀 편하게 살자고요!"

아들은 차를 사주지 않으면 다음 학기부터 휴학을 하겠다고 엄포를 놓았다. 남편과 아들은 적군처럼 대치 상태에 들어갔다. 남편은 남편대로 아들 잘못 키웠다고 으르렁거렸고, 아들은 아들대로 세상을 다 산 것처럼 제 방에 틀어박혀 책상에 고개를 처박고 한숨이었다.

마음이 타는 것은 강이었다. 아침잠이 많은 아이를 새벽마다 깨우던 그녀라 그 고충을 이해하고도 남는다. 아이가 화장실에서 좀 늦게 나와도 차를 놓칠까 조마조마하던 마음, 오후 강의만 있는 날도 새벽부터 일어나 밥도 안 먹고 뛰어나가는 모습을 보던 심정, 아마 남편은 모를 것이다.

"곧 졸업반이고 대학원도 갈 텐데, 통학버스 시간에 매여 다닐 순 없잖아요. 사줍시다."

자식 이기는 부모 없다고 했던가! 결국 남편은 아내의 말에 설득을 당하고 말았다.

하지만 전쟁(?)은 그것으로 끝난 것이 아니었다. 아예 살 때 마음에 드는 것으로 사서 오래 쓰는 게 낫지 마음에도 안 드는 것으로 사서 한두 해 쓰다가 바꾸는 것은 더 큰 낭비라는 것이 아들 주장이고, 학생 신분에 맞지 않는 차를 타면 다른 검소한 학생들에게 위화감을 조성한다는 것이 남편 주장이었다. 강이 보기엔 모두 틀린 말이 아니었다. 그래서 중간에 선 그녀 역시 고민이었다.

도무지 끝날 것 같지 않은 그 싸움을 보다 못한 강은 어느 날 덜컥 일을 저질러 버리고 말았다. 남편 사업이 어려울 때마다 꺼내 쓰곤 하던 자신의 비상금을 털어 아들과 함께 차를 사버린 것이었다. 남편보다는 아들 얼굴을 더 많이 맞대고 있어야 하는 그녀로서는 그럴 수밖에 없었다. 더욱이 아들이 군에 가면 그 차는 자신이 몰고 다녀야 하는 것이니.

남편은 펄펄 뛰었다. 생활비 외엔 한 푼도 줄 수 없으니, 할부금을 알아서 하라는 것이었다. 강의 쪼들림은 이루 말할 수가 없었다. 아들도 그걸 아는지 옷 하나 안 사줘도 군소리 없이 제법 잘 버텨 나갔다. 차가 있다고 해서 제 용돈이 오른 것도 아닌데 무엇으로 유지를 하는지 신기할 지경이었다.

그런데 문제는 차를 가지고부터 허구한 날 새벽이 다 돼서야 들어오는 것이다. 남편은 그때마다 "계집애들 태우고 놀러 다니는 거지 뭐야. 이게 다 당신 때문이라고" 하며 야단이었다.

때문에 강은 자꾸 시계에만 시선이 갔다. 남편도 그것을 눈치 챈 모양이다.

"애 걱정돼서 그래? 걔한텐 신경 쓸 필요없어."

이게 무슨 소린가? 드디어 올 게 왔군. 그녀는 어느 때보다도 더 바싹 긴장한다. 그런데 남편 왈,

"아까 만났는데, 참 나 기가 막혀서…… 톨게이트 근처에 있는 24시 정유소에서 아르바이트를 하지 뭐야. 편하게 살겠

다더니 원. 그래도 저한텐 전보다 훨씬 편하고 알찬 생활이라
나? 기특해서 원하는 거 말해 보라고 했더니 당신 대신 자동
차 할부금이나 맡아 달래."

　강은 입만 벌린 채 서 있었다.

남편은 구두쇠

공씨 부부의 실랑이가 시작되었다. 또 그 놈의 중고용품 때문이다.

"국가와 사회의 안녕을 위해, 즉 환경을 생각해서 그러는 거라고."

"아이고, 당신이 언제부터 환경론자였다고 그래요? 당신이 환경론자면, 나는 거 뭐냐 환경 할아버지론자다."

공씨는 환경단체에 우유팩을 모아가서 재생 화장지로 바꿔 쓰고 하는 자신이야말로 진정한 환경론자라며 우겨댔다. 이렇게 말이 꼬리를 물고 이어지면서 애초에 쟁점이 되었던 문제는 저만치 밀려나 버리고 그들의 논점은 점점 삼천포로 향하고 있다.

발단은 시어머니의 전화로부터 비롯되었다. 텔레비전이 너무 낡아서 소리도 잘 안 나오고 화면도 흐릿하여 볼 수가 없다며, 손재주 좋으니 와서 어떻게 좀 해달라는 것이다.

"잘됐어요. 여보, 우리 것 드리고 우린 이번 기회에 새로 하나 삽시다. 요즘 나오는 텔레비전 정말 좋던데."

그런데 남편은 부속품을 사다가 고쳐보겠다는 것이었다. 공씨는 그런 구두쇠 남편에게 질려버렸다.

그 성격 때문에 마흔에 얻은 귀한 자식에게조차 반반한 것 한번 못해 준 것을 생각하면…… 물론 남편도 아이가 원하는 것은 입만 벙긋하면 당장 사주는 맹종파였다. 그 점에 있어서는 아내도 흡족해 하는 편이다.

그런데 문제는 그것들이 늘 중고용품이라는 것이다. '검소함'을 내세워 장난감이고 교육용품이고 얻어오는 것들이 또 얼마나 많았는지.

"아빠, 자전거" 하면 남편은 아이의 손목을 끌고 당장 중고 자전거상으로 가서는 손잡이에 손때로 윤이 반질반질하게 난 세발자전거에 아이를 태우고 돌아온다.

혹 누군가가 "자전거 좋은 거 탔구나. 누가 사줬니?" 하고 묻기라도 하면 아이는 큰소리로 아주 자랑스럽게 대답한다.

　“우리 아빠가요! 자전거 수리점에서 중고로 싸게 사주
셨어요.”

　그럴 때마다 공씨는 얼굴이 화끈거려 견딜 수가 없었다.
　‘그깟 세발자전거가 몇 푼이나 한다고.’
　전세를 살고 있는 옆동 아이는 번쩍번쩍하는 새 자전거를
타고 다니는데, 제 집까지 있는 자신이 뭐가 부족해서 지지리
궁상을 떨고 살아야 하는지 모르겠다는 생각에 괜스레 속상
해서 헤퍼 빠진 옆집 여자만 흘겨본 게 한두 번이 아니었다.
　이젠 벌써 훤칠해진 그 애가 얼마 전 영어회화 시디를 사달
라고 할 때도 그랬다. 남편은 말이 떨어지기가 무섭게 “아빠
친구들한테 알아볼게. 너도 벼룩시장 소식지 좀 뒤져봐. 요즘
그런 것 공짜로 주는데 많더라” 하는 것이었다.
　아내는 이젠 중학생이니 공부에 관련된 만큼은 새것으로
사주자고 했지만 남편은 막무가내였다.
　“그런 것들은 구입만 해놓고 몇 번 듣다 마는 경우가 허다
하다고. 영어는 다 똑같은데 굳이 새것으로 꼭 들어야 하는 이
유가 뭐야?”
　남편의 논리에 틀린 구석을 찾을 수가 없어 번번이 그녀 쪽

에서 그만 입을 다물고야 말지만, 혼자 곰곰이 생각하면 열불이 났다. 그러면 녀석이라도 새것 아니면 죽어도 싫다고 드러누워 버리면 좋으련만 한술 더 떠서 "맞아요. 그건 낭비죠" 하고 제 아버지와 쿵짝을 맞추는 통에 미칠 지경이다. 결국 아이에게만 "피는 못 속여, 못 속인다고!" 하며 화풀이를 해댔다. 그러고도 분이 안 풀리면 남편에게 지난 과거를 들추며 넋두리를 늘어놓기도 했다.

"신혼 때 전화 가설해야 되는데, 당신 친구네서 전화기 얻어 올 때까지 기다리느라 한 달이나 전화 없이 지냈던 일 생각나요? 마누라가 첫 애를 가졌는데 누나가 입던 임부복 싸들고 오질 않나. 솔직히 그땐 환경이 뭔지나 알아요? 당신은 짠돌이에다, 고물광이라고요. '광'이 무슨 광자인지 알아요? 미치광이 '광'이라고요."

"어쨌든 쓰지도 않은 전화기가 세 대나 굴러다닌다고 해서 가져왔으니 쓰레기도 줄이고, 우리 돈도 절약됐잖아."

"남들이 우리 집보고 고물상이래요. 창피해 죽겠다고요."

"다들 정신 상태가 썩었어. 우린 버린다는 전화기를 서비스센터에서 선만 하나 바꿔 가지고 십 년이나 썼잖아. 임부복도 그래, 배부를 때 한두 달 잠깐 입는 걸 뭐 하러 새로 사?"

"당신은 시골서 가난하게 커서 만날 주워다 썼는지 모르겠지만, 난 서울서 귀하게 커서 우리 엄마가 항상 최고급으로만 사서 키웠다고요."

"흥! 누구네가 더 부잔데 당신네는 고작 집 한 칸이지만 우리는 논이며 밭, 땅이 얼만 줄 알아?"

"아이고, 허구한 날 똑같은 레퍼토리! 이젠 듣기도 지겨워요. 그만둡시다."

아참! 아니지, 그만두다니. 텔레비전만큼은 물러설 수 없었다. 공씨도 이참에 남편 버릇을 고쳐 놓겠다는 단단한 각오를 해본다.

남편이 남들처럼 월급봉투를 맡긴다면 일이라도 저질러 버리련만, 장사를 하는 까닭에 그때그때 필요한 생활비만 겨우 받는 형편이니 그럴 수도 없었다. 싸움 대신 작전을 바꾸어 볼까보다.

"애도 교육방송으로 공부를 해야 되고 하니 고화질의 대형 텔레비전이 필요하다고요."

"쓸데없는 소리! 아이들 텔레비전에만 붙어 있게 하려고 그래? 지금 걸로도 충분해."

"어머님, 아버님 눈도 잘 안 보이고 귀도 약해지셨는데, 그 고물을 또 보게 하시려고? 당신은 옹고집보다도 못됐어요."

남편의 표정에 약간의 동요가 나타났다. 때를 놓칠세라 다시 졸라대는 공씨.

"여보~옹, 이번 기회에 하나 삽시다."

"그럴까?"

아니! 공씨는 자신의 귀를 의심했다. 다시 물어보니 대답이 더 확실해졌다. 당장 사러 가겠다는 확인을 받고서도 그녀는 꿈만 같아 자신의 살을 한번 꼬집어본다.

'오! 신이시여.'

신의 대상도 모른 채, 거실 천장을 향해 감사를 쏟아낸다. 부부는 즐거운 마음으로 백화점으로 향했다.

공씨는 전자매장의 새로운 첨단 제품들을 둘러보면서, 감탄하고 있는 남편을 흡족하게 바라본다. 기왕 사는 것 기능도 많으면 좋겠건만 남편은 기능이 가장 단순한 최신형 텔레비전을 골랐다.

"어찌됐건 여보, 너무 좋다. 이게 우리 거실에 들어앉을 물건이란 말이죠. 맞죠? 놀리는 거 아니죠?"

남편은 대꾸도 없이 계약서 아래에 배달지 약도를 그리고 있다. 그리고는 매장의 전화를 빌려 어딘가로 번호를 누른다.

"아, 아버지! 내일 백화점에서 텔레비전이 배달될 겁니다. 화면이랑 소리가 좋고 그러니……"

그러고 보니 약도 위치가?

공씨는 아연실색하여 소리를 버럭 지른다.

"여보!"

"알았어. 한 대 더 사자고."

"정말요?"

"장모님이 다치시고부터 누워서 텔레비전만 보고 지내시는데 말이야. 보시기 편한 걸로 바꿔드리면 좋아하실 거야. 당신 설마 이 비싼 걸 세 대나 사자고 하지는 않겠지?"

화를 낼 수도 웃을 수도 없는 그녀.

"아유, 저 구두쇠! 미워 죽겠어, 정말."

까다로운 선택

썰렁한 옆집 감나무를 보니 가을도 끝인가 보다. 담 너머로 떨어져 내리던 나뭇잎만큼이나 성가시게 하던 청첩장도 끝인가 했더니, 마지막 잎사귀처럼 또 하나가 대문 앞에 떨어져 있다.

나는 간당거리는 달력을 넘겨 십이월 마지막 주에 동그라미를 쳐 놓는다. 편집 과장 미스 노를 떠올리니 슬며시 웃음이 나온다.

소위 혼기라는 것이 지나도 열두 번은 더 지난 미스 노가 사무실에 떡 버티고 있으니, 우리 후배 여직원들로서는 여간 신경 쓰이는 것이 아니다. 결혼 얘기를 하다가도 그렇고, 남자 친구들의 전화에도, 데이트 약속 때문에 일찍 퇴근하려 해도 괜스레 눈치가 보인다.

사실 완벽주의자 미스 노는 누가 봐도 실패라곤 하지 않을 듯한 똑소리 나는 여자이다. 철야작업이 있던 날, 후배들을 위해 손수 만들어온 예쁘고 맛깔스럽던 도시락을 보니 살림 솜씨 또한 보통은 아닐 듯싶다. 그런 그녀가 여태 싱글로 남아 있는 이유는 순전히 그 엷디엷은 귀 때문이다. 선을 보고나면 꼭 초를 치는 사람이 한 사람쯤 있게 마련인데, 그들로부터 듣게 되는 경험담이 늘 문제였다.

"사업가라고? 얼마나 골치를 썩으려고 그래. 툭하면 돈 꿔오라는데 지쳤다니까."

"요즘 회사원들 젊은 나이에 명예퇴직이다, 정리해고다 난리던데 너무 불안하지 않을까……?"

"안 돼! 궁합은 꼭 따져야지. 허구한 날 싸워대는 우리 꼴 보기도 징글맞지도 않니?"

너무 가진 게 없어서, 맏며느리 노릇할 자신이 없어서, 지방 사람은 큰일 때마다 다니기 힘들다는 등 이유는 끝도 없는데 심지어는 고부 간의 갈등을 막는다며 시어머니 궁합까지 따져대는 통에 데이트 한번 변변히 해보지 못하고 그녀의 선택은 꽝이 되고 만다.

이제는 들어오는 선도 없다고 울상을 짓고 다니던 미스 노.

"지나 놓고 보니 그때 그 자리가 괜찮은 자리였는데" 하고 후회해 보았자 놓친 버스일 뿐이다. 그런 그녀가 드디어 선이 들어왔다며 생글거리던 것이 바로 지난달의 일이었다.

흰머리가 생겼다며 생전 안 하던 염색까지 하고, 요즘 한창 유행하는 펄 들어간 화장품까지 바르는 그녀를 보며 이번만은 꼭 결혼을 하려나 하고 생각했다. 그런데 선을 본 그녀는 늘 그랬듯이 남자에 대해 또 투덜거리기 시작했다.

"하필이면 내가 싫어하는 요소를 모두 다 갖춘 그런 남자일건 뭐니."

맏아들에, 무일푼에, 그녀보다 낮은 학벌에, 고전하는 사업체 등등 반반한 겉모습 빼면 건질 게 아무것도 없다는 것이다.

하지만 우리는 "이번만은 꼭 결혼하게 만들자!" 하고 직원들끼리 한 약속에 따라 이구동성으로 떠들어댔다.

"성실하면 된 거죠."

"그만하면 괜찮네요."

"웬만하면 하세요."

이미 마음속에 퇴짜를 던져 놓고 온 미스 노는 그만 갈팡질

팡하기 시작했다. 궁합 얘기가 나온 것도 그 때문이었다. 상대가 운을 타는 사업가인 만큼 사주궁합은 아주 중요하다나, 어쨌다나.

"그쪽 집안은 기독교라 궁합을 따지지 않는 것 같더라고."

실장이 궁합을 봐주기로 했다. 책을 가지고 심심풀이로 직원들 사주를 봐주고 하던 터라 우리들 사이에는 꽤 맞춘다고 소문이 나 있었다. 그녀가 선보던 날 한강 유람선을 타며 알아냈다는 주민등록번호를 내놓자, 실장은 하나하나 사주를 풀어나갔다.

"아주 좋아! 이런 궁합 만나기도 힘들어. 당장 결혼해. 노 과장은 흙이고, 남자는 나무란 말이야. 나무가 흙에 뿌리를 박으니 쑥쑥 얼마나 잘 크겠어. 둘이 결혼하면 사업은 보나마나 성공이야."

그녀가 마음을 결정했음은 물론이다. 그런데 하필 그때 다른 남자가 나타날 건 뭐람. 거래처 소장이 자기 친구를 소개해 주겠다고 나선 것이었다. 직업도 비슷하고, 조건도 괜찮은 자리라며.

미스 노의 마음이 다시 갈팡질팡하는가 싶었다.

"대형 출판사 막내아들로 그 회사 과장에, 사십 평형 아파트까지.”

그 부분까지 오자, 흔들린 것은 그녀뿐만이 아니었다.

“과장님, 그쪽이 훨씬 낫겠어요.”

직원들도 모두 그렇게 쏠려 버렸으니 말이다. 내친김에 우리는 중매자를 통해 상대의 생년월일을 알아내서 궁합을 보았다.

“더 좋은데, 더 좋아! 이번에는 금이거든. 금은 흙에 들어가도 썩지 않고 빛을 발하잖아. 꼭 잡아야 해.”

그녀는 아직 만나보지도 않은 남자를 놓고 마치 결혼이라도 한 것처럼 좋아했다. 그런데 소장이 말하길,

“꼭 잡아, 이번에 나타나는 남자가 노 과장 사주에선 마지막이야.”

“그게 무슨 말씀이세요?”

“마흔둘이 넘어서 하나 나타나긴 하는데, 그 사람은 상처한 사람인걸.”

미스 노의 얼굴이 하얗게 질릴 수밖에 없었다.

선 본 남자에겐 당장 퇴짜를 놓고 소개팅을 나갔는데, 다음

날부터 미스 노는 마치 초상이라도 당한 양 슬피 울어대기 시
작했다.

"어쩌면 좋아, 상처한 사람은 죽어도 싫다고. 게다가 사십
넘어서 건강한 애를 낳을지도 문제고. 아! 애가 열 살만 되어
도 난 오십 넘은 할망구가 될 텐데."

"대체 무슨 소리예요? 과장님."

"사십 평 아파트가 와르르 무너졌단 말이야. 나쁜 자식, 제
나이 생각은 않고 영계 타령만 하더라고. 뭐? 내 나이가 너무
많아서 2세에 영향이 있겠다나?"

"얘, 주변에 누구 없니? 구두닦이라도 괜찮아. 무조건 할게.
마흔둘 넘도록 기다렸다 홀아비한테 가는 것보단 백번 낫지
않겠어?

아! 불쌍한 노 언니. 보다 못한 실장님이 그녀를 돕기 위해
꾸며낸 얘기였음을 이실직고했지만 믿으려 들지를 않았다.
결국 우리의 끈질긴 설득으로 자존심 다 팽개치고 퇴짜 놓은
남자에게 다시 전화를 걸었지 뭔가. 남자의 호적이 잘못된 것
을 안 것은 훨씬 뒤의 일이었는데, 실제 띠대로 한다면 상식적
으로도 맞지 않는 궁합이었다. 하지만 어쩌겠는가! 이렇게 청

첩장까지 보냈는데…….

"자주 쓰는 나이가 실제 운명이 될 수도 있데."

이것이 요즘 그녀의 지론이다.

뉴욕
화장품

외제라면 사족을 못 쓰는 여자가 하나 있다. 그래서 일명 '쩨 여사'라고 불리는데, 그녀가 기를 쓰고 수입산만 고집하는 이유는 아무래도 그 뒤에 붙는 가격과 그 브랜드의 명성(?) 내지는 은근히 과시되는 자신의 수준 때문인 것 같다.

그것을 입증하듯 그녀는 조금만 얼굴이 익으면 누구에게든 묻지도 않는 자기 물건 자랑을 늘어놓기 일쑤이다. 그녀가 자신의 그러한 취미활동(?)을 한껏 즐기는 공간은 반상회 장소, 혹은 수영장 탈의실 같은 여자들이 많이 모여 있는 장소이다.

그러한 곳에서 그녀와 단 몇 분이라도 같이 있어본 사람이라면 경상도 억양이 짙게 깔린 목소리로 푼수데기같이 늘어놓는 대충 다음과 같은 말 한 마디쯤 들어보지 않았을 리 없다.

“이거 오리지널 일제 운동환데, 삼십만 원밖에 안 하더
라.”

“이거 우리 남편이 런던 출장 갔다가 사다 준 거다. 이런 명
품 브랜드는 여기선 가격도 가격이지만 짝퉁이 하도 많아서
오리지널은 웬만해선 구할 수도 없다니까.”

이러한 외제 신봉은 비단 물건에만 국한된 것이 아니었다.
외국 체인점의 레스토랑이 들어서기라도 하면 사생결단이라
도 하듯 아이들을 끌고 달려가서는 줄을 서서 한 시간을 기다
려서라도 기어이 먹고 오고야 만다. 그리고는 한다는 말이 자
신은 아무래도 신세대 체질이라나, 서구적이라나.

얼마 전 동네 부녀회에서 친목을 도모로 여행을 가자는 건
의가 나왔을 때 손을 번쩍 들고는 “말 나온 김에 아예 비행기
타고 밖으로 나갑시더” 하는 바람에 동네 웃음거리가 된 일도
있었다. 해외여행은 관두고라도 우리나라 명승지나 먼저 다
녀보고 오라는 비아냥거림과 함께.

사실 그녀는 “한국 뭐 볼 것 있노? 기왕 갈라카면 비행기 타
고 물 건너 가야제” 하고는 정작 국내여행 한 번 나다니지 않
는 방콕여자였으니 말이다. “쩨가 그렇게 좋으면 남편도 이참

에 아예 외국인으로 바꿔버리지 그래" 하고 면박을 주면 국제화시대까지 운운하며 되레 야단이었다.

"내 말이 못마땅하면 북한에 가서 살제 뭣하러 한국에 사노."

그런 쩨 여사가 오늘은 수영장 탈의실에 앉아 화장을 하다 말고 뜬금없이 좌중을 둘러보며 이렇게 물었다.

"아줌마들, 나 피부 좋아진 것 같지 않아?"

그녀의 말이 돌연 표준어로 바뀐다. 그녀가 잘난 척할 때면 나타나는 증상이다. 아무도 반응이 없자 쩨 여사 이번엔 앞의 여자를 붙들고는 묻지도 않는 말에 선수를 쳐서 다음 질문을 유도한다.

"다 이유가 있지."

그런데 역시 대꾸는커녕, "저 여편네 또 무슨 자랑을 늘어놓으려고" 하고 모두들 수군거리는데도 이에 절대 기죽을 리 없는 그녀였다.

"얼마 전에 화장품을 프랑스제로 바꿨거든. 여기서 사려면 몇 십만 원 하는 영양크림인데 우리 남편이 프랑스 출장 가서 직접 사왔지 뭐야."

엎질러진 김에 계속 쏟아 내놓는 그녀의 수다는 이랬다. 원래 쓰는 화장품도 비싼 아무개 제품이었는데 이번 것은 워낙 고급스럽고 프랑스에서도 상류층만 소비하는 거라는 둥, 자기는 좋은 화장품만 써서 그런지 피부가 곱고, 남들도 사십이 훨씬 넘은 자신의 나이를 아직도 삼십 대로 본다는 둥…….

그러나 오늘따라 사람들은 마치 단합이라도 한듯이 아무도 반응을 하지 않는다. 무안해진 쩨 여사는 그래도 물러서기가 서운했던지, 저만치서 머리를 빗고 있는 긴 머리 여자에게로 쪼르르 다가간다. 자신보다 한참 어릴 것 같은 여자였다.

"자기야, 무슨 화장품 써? 웬만하면 내가 쓰는 걸로 바꿔봐라. 정말 좋아. 좀 비싸긴 하지만."

"자기라니! 내가 몇 살인 줄 알고 반말이야?"

느닷없이 날아오는 호령에 그녀뿐만 아니라 주위에 모여 있던 사람 모두가 놀라 쳐다보았다. 이어 긴 생머리의 그녀가 군에 간 아들까지 둔 오십 세의 여성이라는 사실에 좌중은 다시 한번 눈이 휘둥그레졌다. 그러나 누구보다도 아연실색 충격을 먹은 사람은 두말할 나위 없이 쩨 여사였다. 늙지 않은 비결이 뭐냐고 주위 여자들이 부러움 섞인 칭송을 한마디씩 건네는데, 배가 뒤틀릴 대로 뒤틀린 쩨 여사도 질투가 가득 섞인 목소리로 비꼬듯 물어본다.

"무슨 화장품 쓰세요?"

"우리 남편이 뉴~욕에서 사다준 사십오만 원짜리 영양크림 쓴다."

이 말에 기가 팍 죽은 쩨 여사는 그만 약이 올라 얼굴이 파르르 떨리기까지 한다. 화장을 하다 만 것도 잊은 채 가방을 챙겨 발딱 일어서 나갔다. 그러다 이내 마음을 고쳐먹은 모양인지 다시 탈의실로 들어와서는 아주 상냥한 표정으로 긴 머리에게 다가갔다.

"댁이 쓰시는 화장품 저도 하나 구해 주시겠어요? 별로 비싸지도 않은데……."

난감한 표정으로 여자가 거절하면 할수록 쩨 여사의 부탁은 점점 집요해졌다. 결국 물건과 가격에 대해 절대 두말하지 않겠다는 다짐을 누누이 한 후 부탁은 받아들여졌다.

그런데 룰루랄라 즐거워하던 쩨 여사의 표정은 다음날 완전 수세미가 되고야 말았다. 긴 머리가 내민 화장품은 다름 아닌 국산 화장품이었기 때문이다. 게다가 마트에서 손쉽게 살 수 있는 저가 화장품이지 뭔가! 그것이 긴 머리가 애용하는 화장품이라는 말인즉, 남편이 화이트데이 때 그녀에게 선물을 하기 위해 집 근처의 '뉴~욕 마트'에서 화장품을 사가지고 오다가 지갑을 놓고 왔다는 것이다. 그 바람에 지갑에 들어 있던 거금 사십오만 원을 잃어버렸으니 사십오만 원짜리 영양크림이 되었다는 것이다.

어쨌든 쩨 여사, 젊어지려는 욕망에 다음날부터 그 팔자에 없는 국산 화장품을 쓰게 되었지 뭔가! 그런데 아직도 쩨에 대한 미련을 버리지 못한 모양이다. 국산 화장품을 모두 외제화장품 그릇에 옮겨 담아서 가지고 다니니 말이다. 그리고 누군가 "어디 화장품이에요?" 하고 물으면 그녀는 이렇게 대답한다.

"뉴~욕."

"메디인 쁘랑스네."

어렵게 부탁해서 구한 사십오만 원짜리임을 덧붙여 강조하기도 하면서.

마사지해
드릴까요?

새댁은 구청 뜰 앞에 턱을 괴고 앉아 물끄러미 화단을 내려다보았다. 어느덧 봄 냄새를 물씬 풍기며 화단 위로 진달래 꽃봉오리들이 뾰족이 얼굴을 내밀며 봄을 알리고 있었다. 금방이라도 그 봉오리가 팍 터지며 꽃분홍 웃음을 활짝 터트릴 것만 같았다.

하지만 새댁의 표정은 영 어둡기만 했다. 결혼한 지 석 달도 채 안된 지라 아직은 활짝 핀 진달래처럼 꽃분홍 웃음을 감추지 못하고 있어야 할 때이지만 사정이 영 그렇지 못했다.

"아! 이혼이라니?"

새댁은 푹 한숨을 내쉬었다. 신혼 초가 제일 고비라고는 하지만 함께 싸운 것도 아니고, 정말 생각할수록 황당할 뿐이었다.

남편은 이혼을 요구했다. 잠을 자려고 불을 끄고 눈을 감으면 옆에 누워 있는 아내가 귀신같이 느껴져서 섬뜩하고 무서워 도저히 함께 잠자리를 할 수가 없다는 것이 이유였다.

"아무리 마음을 다잡아도 불만 끄면 자꾸만 그렇게 느껴지는걸 난들 어떡해?"

그러더니 급기야 어제는 아예 시어머니 방으로 잠자리를 옮겨 버리는 것이 아닌가.

"흥! 누가 마마보이 아니랄까봐! 안 그래도 그런 마마보인 줄 알았으면 결혼도 안 했어!"

어젯밤 큰소리를 치고 대판 싸운 후 이렇게 이혼 서류를 가지러 나오기는 했지만 막상 안으로 들어서려니 착잡했다. 사태의 심각성을 깨달은 시어머니가 아침에 그녀를 붙들고 넌지시 물어왔다.

"그러니까 말하자면 밤이 무섭다는 건데. 혹시 네가 애를 너무 들볶은 것 아니니?"

"절대 아니에요! 아시잖아요. 말단 사원이라고 만날 오밤중에 들어오고 게다가 툭하면 어머님 방으로 가고."

그랬다. 그녀의 남편은 대학 졸업 후 줄곧 실업자로 있다가 지난 겨울에야 겨우 취직이 된 신참내기 수습사원인 탓에 신혼을 내세워 쏜살같이 퇴근할 수가 없었다. 늘 피곤에 절어 오밤중이나 새벽이 다될 무렵 들어오기 일쑤였고, 게다가 툭하면 혼자되신 어머니 곁을 뜨지 못해 그 방에서 잠까지 자는, 효행이 지나쳐 마마보이 기질까지 보이는 그런 남자였다. 남편의 그런 점이 그녀로선 여간 화나는 일이 아니었다. 더욱이 유난히 초저녁잠이 많은데다가 한번 잠이 들면 떠메 가도 모를 정도여서 처녀시절 잠순이라는 별명까지 달고 다니던 그녀인지라 그런 남편을 기다린다는 것 또한 여간 고역이 아니었다.

남편을 기다려 보려고 책을 읽어도, 커피를 마셔도, 음악을 들어도 쏟아지는 졸음은 어쩔 수 없었고, 한번 잠이 들면 남편의 휴대전화 소리도, 문소리도 도무지 소용이 없었다. 결국 시어머니가 잠을 깨 그런 남편을 맞이해 주고, 피곤하다고 꿀물을 타다주고 두 모자가 두런거리다가 결국은 어머니 방에서 함께 잠이 들기도 했다.

어느 날 새댁은 남편을 기다리다 까칠해진 얼굴을 보았다. 잠도 쫓아볼 겸 내친 김에 얼굴에 팩 마사지를 하기로 했다.

차갑고 뭉클한 이물감이 얼굴에 느껴지는 순간 졸음은 싹 달 아나고, 불편함 때문인지 신기하게도 더 이상 잠도 잘 오지 않 았다. 그렇게 한 삼십 분을 지낸 뒤, 세수를 하고, 기초화장으 로 마무리를 하다 보니 어느새 남편이 들어왔다.

새댁은 남편이 늦는 날이면 종종 마사지를 하곤 했다. 계란 이며 갖가지 팩 재료들을 냉장고에 차갑게 넣어 두었다가 남 편이 오기 전 가장 졸릴 무렵에 얼굴에 바르는 것이었다. 그리 고 그 방법은 잠을 쫓는데 어느 정도 효과도 있었을 뿐만 아니 라, 마마보이 남편을 잡아두는 데도 효과가 있었다. 남편은 뽀 얗게 반짝거리는 그녀의 얼굴을 보며 감탄했고, 보들거리는 얼굴을 만져보며 예뻐졌다고 좋아했다.

그런데 문제는 애석하게도 그 효과라는 것이 그리 오래가 지 못했다는 것에 있었다. 그러니까 그녀는 마사지를 하고 눈, 코, 입의 구멍이 뚫린 허연 가제를 뒤집어쓴 채로 잠이 들어버 리기 일쑤였다. 그래도 한동안은 남편의 발소리에 후다닥 얼 굴의 그 흉측한 것들을 떼어낼 수는 있었다. 그 일이 있기 전 까지는……

문제의 그날은 남편이 드디어 정직원이 된 기쁜 날이었다. 그 일로 직원들끼리 축하를 위한 회식 겸 술자리가 있던 탓에

남편은 여느 때보다도 늦게 술이 곤드레만드레해서 들어왔
다. 물론 그녀는 아내로서 남편의 기쁜 날을 축하해 주기 위해
기다렸지만 이미 잠이 그녀를 덮쳐버린 뒤였다. 얼굴에 구멍
네 개만 남긴 채 얼굴 전체에 계란 마사지 팩을 뒤집어쓰고서.
그렇게 아주 깊이깊이 잠이 들어버렸다.

새벽녘이 되서야 들어온 남편은 술과 잠에 취해 필름마저
끊긴 채로 방으로 들어갔다. 그리고 아내 옆에 쓰러져 잠이 들
었다.

잠시 뒤 목이 말라 잠이 깬 그는 옆에 누워 있는 아내를 보
았다. 순간 그는 너무나 놀라 비명을 지르며 밖으로 튀어나왔
다. 자신의 옆에 누워 있는 것이 아내가 아니라 귀신 같았다.
머리맡 전등의 붉은빛을 받으며 웬 귀신 같은 것이 누워 있어
너무도 놀랐고 소름까지 끼쳤다. 술과 잠에 취한 채로 그는 그
괴물에 놀라 밖으로 나왔고 곧 소파에 누워 자신도 모르게 다
시 잠이 들었다.

그녀가 눈을 떴을 때는 이미 창에 희뿌연 아침 햇살이 드리
우고 있었고, 남편은 거실 소파에서 술 냄새를 풍기며 잠이 들
어 있었다. 그녀는 얼굴을 닦고 남편을 깨웠다. 그는 순간적으
로 아내를 보자 짧은 비명과 함께 멈칫 몸을 움츠렸다. 하지만

그는 그 새벽의 일을 뚜렷이 기억하지는 못했다.

　새댁은 남편의 행동을 곰곰이 추정해 본 결과 아무래도 그 마사지한 얼굴을 본 게 틀림없다고 생각했다. 더욱이 시어머니 말에 의하면, 그날 새벽 남편이 분명히 방에 들어가는 걸 보았다고 했는데, 남편은 거실에서 자고 있지 않았던가! 게다가 남편의 비명소리 같은 걸 들었다고도 했다. 하지만 사랑싸움을 하나보다 하고 모른 척 자버렸다고 했다. 새댁은 시어머니한테 그날 일을 사실대로 이야기했다.

　그리고는 너무도 창피하여 집을 나와 버렸다. 그녀는 결국 구청 안에는 들어서지도 않고 발걸음을 돌렸다. 어떡하든 방법을 생각해 보자고 하던 시어머니 말이 희망처럼 떠올랐다.

　문을 들어서자 시어머니가 활짝 웃으며 그녀를 반겼다.

　"어디 갔다 이제 와? 빨리 입을 맞춰 연습해야 하는데."

　"네?"

　"오늘 신경과에 갔다 온단다. 그러니 혹 마사지 얘기가 나오면 넌 모른다고 잡아떼라. 그러니까 그날 계란 마사지 팩을

쓰고 너희들 침대에서 잠이 든 것은 나고, 넌 저 안 쓰는 작은
방에서 잔 거다. 알았지?”

“그게 말이 돼요?”

“되게 해야지.”

어머니가 짠 스토리는 이랬다. 그날 시어머니는 잠이 안 온
다며 며느리 방에 들어갔다. 그리고는 며느리의 고운 얼굴을
부러워하며 자꾸 거칠어지고 늙어 가는 피부를 푸념했다. 며
느리는 어차피 남편도 늦게 올 터이니 계란 마사지를 해주겠
다고 침대에 잠시 누우라고 했고, 시어머니는 거기서 그만 잠
이든 것이었다. 하지만 그 사실을 모르는 남편은 그만 침대의
얼굴이 아내인 줄 안 것이다.

“그게 잘될까요?”

“되고 말고! 그 대신 너 나한테 대가로 뭐해 줄래?”

“뭐든 해드려야지요. 아! 매일 마사지해 드릴까요?”

“아서라, 아서! 괴물은 한 번만 만들면 됐지. 그냥 너희들
잘 살면 그게 대가야. 두고 봐라. 이젠 내 방엔 얼씬거리지도
않을 게야.”

그런데 정말 그랬다. 이로써 그들의 새로운 신혼이 시작되

었으니, 아들을 가장 잘 아는 어머니의 처방은 역시 즉효였다.

그런데 새댁이 시어머니에게 매일 졸라대는 말이 있다고
한다.

"어머니, 마사지해 드릴게요~오."

하지만 시어머니는 기겁을 하고 달아난다.

해바라기와
채송화

_동화

아파트 일층의 작은 화단에 키 큰 해바라기와 키 작은 채송화가 살고 있어요. 둘은 씨앗 시절 같은 봄에 뿌려진 친구지만 서로의 진짜 이름은 잘 몰라요. 찬 서리, 비바람 이겨내고 서로 의지하고 격려해가며 어느 날 둘은 예쁜 꽃을 피웠어요.

그런데 이때부터 주인집 남매가 이상한 별명을 지어 부르는 거예요.

"야, 노란머리 최홍만! 넌 내 꽃이야."

"땅꼬마 엄지공주! 넌 내 꽃."

그날부터 한 친구는 '최홍만', 한 친구는 '엄지공주'가 되었어요.

최홍만은 큰 키 덕분에 가끔은 열린 유리창 너머로 안집에서 일어나는 일들을 엿볼 수 있었어요. 그래서 채송화에게 텔레비전에서 본 진짜 최홍만 이야기며, 펼쳐진 동화책에서 본 진짜 엄지공주 얘기를 해주었어요. 채송화는 보답이라도 하듯 해바라기가 잘 모르는 개미들의 재미난 이야기며 집게벌레, 쥐며느리, 비가 오면 나타나는 느림보 지렁이들의 소식을 들려주었고, 베란다 바로 아래 사는 머리가 노랗고 자기처럼 키 작은 민들레 가족 얘기도 해주었어요.

그런 어느 날 동생보다 시험을 못 봤다는 이유로 주인집 개구쟁이 아들이 창 안쪽 거실에서 야단을 맞고 있었어요. 채송화가 킥킥 웃었어요.

"최홍만처럼 키만 꺽다리같이 컸지, 공부는 못하나 봐?"

해바라기가 마구 화를 냈어요.

"난쟁이 땅꼬마 주제에 날 놀려?"

"내가 언제 널 놀렸어? 그런데 뭐 땅꼬마라고? 다시는 너랑 얘기하나 봐라."

"흥! 미투! 누가 아쉬운가 보자."

잠시 뒤였어요. 뭣 때문인지 남자 애가 거실 창을 열고 씩씩거리며 화단으로 나왔어요.

"에이씨. 잘난 척쟁이!"

남자 아이는 채송화 꽃 하나를 획 뜯어 던지며 심술을 부렸어요.

"오빠가 내 꽃을 뜯었겠다! 두고 봐."

이번엔 동생이 뛰어나와 해바라기 줄기를 확 잡아당겨 꽃잎을 한 줌 잡아 뜯었어요.

남매의 싸움으로 순식간에 상처투성이가 된 둘은 말도 못하고 눈물만 삼켰어요.

다음날이었어요.

"불쌍해라. 패션모델같이 건들건들 뽐내던 우리 해바라기가 왜 이렇게 됐나? 채송화 넌 모양낼 줄 몰라 꽃이 아닌 것 같더니 지금 보니 예쁜 요정이었구나."

주인아주머니는 기절한 꽃들을 일으켜 다정하게 말을 걸고, 꺾어진 두 꽃들에게 받침대를 대주고, 물도 주었어요.

채송화와 해바라기는 이제야 깨달았어요. 자신들은 최홍만도 엄지공주도 아니란걸요. 타고난 저마다의 향기가 있고, 저마다의 색깔과 꽃이 있듯이, 고유하고 특별한 자신만의 멋진

모습과 이름이 있었던 거죠. 어서 나으라고 햇볕도 기웃, 바람
도 살랑 두 친구를 어루만져요.

어떤 만남

꽤 오래전 일이다.

성당에 다니는 한 친구로부터 가톨릭에서 행하는 사제 서품식에 함께 가지 않겠느냐고 제의를 받았다. 자신의 아는 사람이 신부가 되기 위한 오랜 공부를 마치고 드디어 사제로 서품을 받는 날이라고 했다.

나는 아직까지 한 번도 보지 못한 성스러운 광경에 대한 호기심으로 대뜸 따라나서기로 했다.

'매스컴에서만 보던 바로 그 추기경 앞에 수많은 신부들이 엎드려 자못 경건하게 서품식을 받는 모습, 얼마나 성대하고 화려할까.'

하지만 이러한 생각은 시작부터 빗나가기 시작했다. 예식은 한 작은 수도원에서 조촐하게 행해졌다. 서품을 받은 신부는 그 수도원 출신 한 명뿐이었으며 서품을 주는 사람도 추기

경이 아니었다.

기대에 대한 실망 때문인지 두 시간이 한없이 지루하고 모든 과정이 여간 시시하지 않았다.

식이 끝나자 새 신부가 모든 참석자들 개개인에게 축복을 주는 과정이 있었다. 마침 그곳에는 한 무리의 손님 수녀들이 제대 한쪽을 차지하고 있었는데, 제일 먼저 그 수녀들이 하나하나 제대 앞으로 나아가 무릎을 꿇었다. 제복 때문인지 수녀는 언제 보아도 신성하고 경이로워 보였다. 같이 간 친구는 그들이 끝나면 우리에게도 차례가 올 것이라며, 소원을 생각해 두라고 했다.

하지만 나는 다소 촌스러워 보이고 왜소한 그 풋내기 젊은 신부가 정말 능력이 있을까 하며 심드렁한 표정으로 지켜보고 있었다.

무엇이든 화려하고 크고 그럴듯하게 드러나야만 인정을 하는 나의 오만함이 그곳에서도 여실히 드러나는 중이었다.

그런데 그때였다. 나는 수녀들의 무리 속에서 아주 낯익은 얼굴을 발견하게 되었다. 설마? 반신반의하면서 이쪽에서 살펴보고 저쪽으로도 살펴보고 근처를 맴돌며 몇 번을 보았지만 틀림없는 그애였다.

　반가움보다는 놀라움이 덮쳐왔다. 그리고 그 애를 부르려던 순간 이름보다는 그 애를 지칭하던 '못생긴 애' 라는 말이 먼저 떠올랐다. 그것은 고등학교 때 친구들 사이에서 불렸던 그 애의 별명이었다.

　아이들은 그 애 얼굴에는 '옥떨메' 라는 별명도 아깝다며 그처럼 심하게 못생긴 얼굴에는 도저히 걸맞은 이름을 찾을 수가 없으니, 그냥 '못생긴 애' 로 하자고 했다. 사실 그 애는 친구이면서도 한 번도 우리들 속에서 친구 대접을 못 받았다.

　공부도 못했고, 바보같이 착하기만 하던 아이. 그럼에도 늘 우리와 함께 다녔고, 그 시절의 웬만한 사진 속에는 그 애가 항상 끼어 있었다.

　주제 파악이나 하라며 온갖 모욕과 면박을 줘도 그 애는 화 한번 내는 법 없이 늘 우리들 속에 있었고, 우리는 우리대로 그 친구와 함께 있으면 묘한 우월감을 느끼곤 했던 것 같다.

　아이러니하게도 그런 그 애에게 내 마음 깊은 곳의 아픔을 털어놓은 적이 있다. 오빠의 사업 실패로 무척이나 어려움을 겪던 때였다. 그 애의 말을 빌자면 "다소 거만해 보이고 아무

하고나 말을 잘 안 하던” 내가 왜 하필 그 애한테 그런 속마음을 털어놓았을까? 지금 생각해 보면 아마도 개만큼은 꼭 비밀을 지켜 줄 거라는 믿음 때문이었던 것 같다.

하지만 나의 치부를 알아버린 그 애가 조금씩 부담스러워지기 시작했다. 나를 찾아와 걱정을 해주고, 도움을 주고 가는 그 애가, 그토록 멸시하던 그 애가…….

하루는 그 애가 집에 와서는 심한 자책감으로 눈물을 흘리고 갔던 일이 있었다. 버스에서 어떤 사람이 자기에게 토악질을 했는데 옷에 오물을 뒤집어쓰는 순간 그만 인상을 썼다는 것이다.

그건 당연한 거다. 화를 내고 소리를 친 것도 아닌데 뭘 그러냐고, 아무리 얘기를 해도 그 애의 괴로움은 좀처럼 사그라질 줄 몰랐다.

“그 사람이 얼마나 무안했겠어? 난 벌을 받을 거야. 아니 당연히 벌을 받아야 돼.”

착하다 못해 바보 같은 그 모습에 나는 그만 짜증이 났다. 그리고 정말 모자라 보이기까지 했다. 그 후로 나는 의식적으로 그 애를 피했다. 소식이 끊기기까지 몇 년간 성탄절이면 나에게 카드도 보내오곤 했지만 나는 답장조차 하지 않았다.

그런데 국어 시간에 '나의 희망'을 말하던 때였다. 나는 한국의 모든 작가들을 조소하며 최고의 소설가가 되어 노벨상은 못 받더라도 최소한 카뮈나 톨스토이, 헤밍웨이 정도의 작가는 될 거라며 큰 소리쳤다. 그런 나의 당당함과는 대조적으로 다소 부끄러운 표정으로 머뭇거리며 수녀가 되고 싶다고 말하던 아이와, 그 못생긴 얼굴에 수녀가 어울리겠느냐며 웃던 친구들…….

"포기해. 설사 수녀원에 간다고 해도 너 같은 애는 만날 부엌데기 처지나 된다고."

졸업하고도 꿈을 버리지 못하던 그 애에게 난 그렇게 면박을 주었다. 그런데 그 애가 지금 노벨평화상을 받은 이 시대의 성인인 마더 테레사가 입던 바로 그 수녀복 차림으로 내 앞에 나타난 것이다.

거의 십오 년만의 만남이었다. 반갑게 불러 놓고도 혹시 외면하면 어쩌나 불안했지만, 그 애 역시 무척이나 반가워했다. 근황을 묻는 나에게 인도에서 버림받은 사람들을 위해 십여

년간 봉사하다가 며칠 전에 휴가차 잠시 왔다고 했다. 그 애의 목소리는 아주 조용조용했다. 그러면서도 어딘지 모르게 자애로움이 섞인 듯한 아주 묘한 빛깔을 담고 있었다. 그 빛깔은 얼굴에서도 나타났다. 아직도 어린애 같은 선한 표정에 잔잔히 번지는 미소…….

그 친구는 조심스레 내 과거를 상기시키며 그 이후의 근황을 알고 싶어 했다. 난 얼른 말머리를 돌려 작가가 된 나의 위치를 자랑스레 내세웠다.

"참, 너 소설가가 된다고 했었지. 그래 책은 냈니?"

"그럼! 《ＯＯＯＯ》이라고!"

"못 들어본 것 같은데?"

"그래도 서점 신간에 올랐었어. 인터넷이나 큰 서점에 가서 컴퓨터를 찍어보면 나와."

나의 목소리는 호수에 돌덩이들을 쏟아 넣듯이 필요 이상 호들갑스럽게 커졌고, 친구의 목소리는 파장의 여운처럼 여전히 잔잔했다. 그럼에도 이상하게 내 음성이 그녀에게 자꾸만 잠식되는 것 같았다. 나는 당당해지려고 애를 썼지만 그럴수록 더 부끄러워지고, 그걸 감추려고 허풍을 보이다 또 부끄러워졌다.

행사가 끝나고 수도원에서는 점심 뷔페를 대접해 주었다. 가지 않겠다는 그 애를 억지로 끌고 식사 장소에 들어섰다. 그리고 함께 간 친구와 정신없이 음식을 집어 담았다. 그렇게 한참을 먹고 있다 보니 그저 한쪽에 다소곳이 서 있는 그 아이가 눈에 들어왔다. 접시를 집어 주며 권하는 나에게 그 애는 "너나 많이 먹어"하고 사양했다. 자신들은 함께 생활하는 가난한 사람들을 생각해서 밖에선 일체 음식을 먹지 않는단다. 순간 고고해 보이던 그 애와 대조적으로 음식을 잔뜩 담아 들고 서 있는 내 자신이 아귀같이 느껴지며 또 한 번 부끄러웠다.

헤어지면서 나는 한사코 싫다는 그 애를 또 억지로 정원에 끌고 가서 기어이 사진 한 방을 찰칵 남겨 놓고야 말았다. 그 애, 아니 그 수녀님이 어쩌면 훗날 제2의 마더 테레사가 되지는 않을까 하는 이상한 망상(?)에 젖어서.

그 애는 이제 떠나면 6년 뒤에나 다시 한국에 온다고 했다. 아니 어쩌면 십 년이 넘을 수도 있단다.

"혹 다시 만난다면 넌 아이 엄마가 되어 있겠구나."

"글쎄? 그건 모르겠지만 지금보다는 훨씬 커 있겠지. 작가로서 말이야. 이름만 대도 알 수 있는."

나는 또 그렇게 큰소리를 쳤다.

그리고 벌써 삼 년이 지났다. 하지만 이 글을 쓰는 지금까지 난 글 한쪽 더 쓰지 못하고 그대로 머물러 있다. 잠에서 깬 사 개월짜리 아들은 뭐라 옹알거리고 있고, 난 수녀가 된 그 애와의 마지막 사진을 보고 있다. 소녀처럼 나보다 더 환하게 웃고 있는 하얀 무명 수녀복 차림의 여자, 동창인데도 나보다 훨씬 어려 보인다. '못생긴 애' 라는 별명과는 달리 아무리 쳐다봐도 그리 못생긴 얼굴이 아니다. 그 옆의 나 또한 결코 예쁜 얼굴 같지는 않다.

훗날 그 애를 다시 만난다면 난 또 어떻게 비교가 될까. 이젠 오만함도 억지스런 당당함조차도 다 잃고, 작품에 대한 열정도 자신감도 식어간다. 이렇게 자꾸만 왜소해져가는 나 자신이 두려워진다.

빵보다
돈이 좋아

은행원 미스 모는 며칠 전부터 저녁마다 입시학원을 다니고 있다. 비록 이십대 중반을 훌쩍 넘긴 나이지만 '더러워서라도 대학 졸업장을 따야겠다'는 생각이 들어 얼마 전 야간학원에 등록을 한 것이다.

그녀는 대학의 필요성을 느끼지 못해 부모의 반대를 무릅쓰고 실업계 고등학교를 택했고, 졸업 전에 이미 회사에 들어가 어려운 가정 형편에 자녀로서의 한 몫을 톡톡히 했다. 대학 나온 친구가 취직을 못해 쩔쩔 매고 있을 때 이미 여기저기 투자해서 모아둔 돈을 헤아리며, 역시 자신의 선택이 옳았다는 생각이 들었다. 누가 뭐라 해도 늘 당당했다. 적어도 사귀던 남자와 갈라서기 전만 해도.

"네 얘길 했더니 엄마가 대학 안 나온 며느리는 좀 그렇데. 그러니까 아무 데나 야간대학이라도 갔으면 좋겠어. 그래야 결혼 승낙 받기도 좋고. 또 너도 요즘 대학 안 나왔다고 하면 좀 쪽팔리잖아."

"대학만 나오면 뭐하니? 취직도 못해서 다들 난린데. 내 나이에 나만큼 돈 모아놓은 여자 있으면 나와 보라고 그래."

"사람이 돈으로만 사니? 엄마들은 대학을 좋아해."

이래저래 홧김에 그녀는 그와 갈라서고 오기로 입시학원에 등록했다. 하지만 막상 수능모의고사를 보고 나니 갈등이 오기 시작했다. 더욱이 특별한 꿈과 포부가 있어 시작한 것도 아니었으니.

'이 성적 갖고는 턱도 없을 텐데, 괜한 고생하느니 이쯤에서 관둬버려?'

늦은 밤, 학원 문을 터덜터덜 나서는 그녀 마음은 매번 심란했다.

그때마다 그녀는 버스정류장 앞에 있는 빵집 유리창에 머리를 박은 채 넋을 놓고 빵을 들여다보곤 했다. 제과를 배워 저렇게 예쁘고 향기롭고 먹음직스런 빵을 만들어보고 싶다는 생각이 들었다. 오래전부터 해온 생각이지만 은행을 그만두고 제빵학원에 다니고 싶다는 말을 꺼내면 엄마는 화부터 냈다.

"쓸데없는 생각 말고 시집가기 전까진 은행이나 잘 다녀. 어떻게 들어간 직장인데 그만둬?"

그날은 유독 우울한 만큼 몸도 정신도 피곤했다. 버스를 기다리며 서 있자니 세상에 대해 화도 났고 울고도 싶어졌다. 그러나 대로인 만큼 글썽이는 눈물을 누가 볼세라, 그녀는 얼른 고개를 쳐들었다. 어두운 밤하늘 속 흐릿한 별들이 그녀의 하찮음과 작고 보잘것없는 인간들의 유치함을 비웃는 듯했다. 그때였다. 누군가 그녀의 등을 톡톡 두드렸다.

적어도 아버지뻘은 돼 보이는 남자였다. 한눈에 보아도 술 꽤나 마신 것 같았다. 미스 모는 아마 버스노선이라도 물어보려는 줄 알았다. 그런데!

"아가씨가 마음에 들어서 저기 빵집에 가서 빵 좀 사주고 싶은데."

"저를 아세요?"

"만날 저 유리창을 들여다보지 않나? 빵을 좋아하나 보지?"

미스 모는 창피하기도 하고 기가 막혀서 말도 나오지 않았다. 이어 방금 전의 심각함은 저 멀리 달아나고 화가 머리끝까지 치솟았다.

"취했으면 곱게 취하지. 이 아저씨가 늙기도 전에 노망부터 걸렸나?"

"내가 술은 좀 마셨지만 취하지는 않았어요. 나도 아가씨만 한 아들이 하나 있어. 아가씨가 마음에 들어서 저기 들어가 꼭 빵을 사주고 얘기도 해보고 싶어서 그래요."

그는 싫다는 그녀를 붙들고 한사코 빵집에 들어가자고 성화였다. 아니 차라리 애걸에 가까웠다. 젊은 남자라도 따라갈지 말지인데 하물며 다 늙은 술주정뱅이가, 혹시 이 영감탱이가 치매기가 와서 지금이 그 뭐 엄앵란 신성일이 판쳤다는 60년대인 줄 아나? 빵집이라니! 옛날 고리짝에 제 마누라 꼬일 때 하던 짓을 감히 어디다가 하고 있는가 말이다.

미스 모는 자존심이 상하다 못해 치욕스럽기까지 했다. 하지만 그는 사람 좋은 웃음을 머금으며 한사코 물러나지 않았다. 바로 앞에 있는 그 빵집에 들어가 그냥 빵만 먹고 가면 된다고 했다.

"아가씨가 너무 마음에 들어서 꼭 빵을 사주고 싶어서 그래."

"글쎄 난 빵 같은 거 싫어한다고요! 내가 뭐 빵 사먹을 돈이 없어 쳐다본 줄 알아요?"

"아! 커피도 합니다."

"정 그렇다면 내가 빵을 먹은 걸로 칠 테니까 빵 대신 돈으로 주세요."

"돈?"

"네. 빵 대신 돈으로 달라고요."

"돈은 없는데."

"제가 마음에 들어서 빵을 사주고 싶다면서요. 저는 빵은 싫어하지만 돈은 좋아하니까 빵 대신 빵 값을 주면 되잖아요."

하지만 그는 지금 갖고 있는 돈이 없다고 했다.

"아니? 그럼 뭐로 빵을 사주겠다는 거예요? 시계라도 풀어서 잡히겠다는 거예요? 아님 외상으로 하겠다는 거예요?"

"글쎄, 안으로 들어가면 내 빵은 사줄 테니 들어가 얘기나 해요."

그러자 그녀는 슬그머니 심술이, 아니 오기가 발동했다. 이 못된 늙다리한테 어떡하든 돈을 받아내고야 말리라는 이상한 오기였다. 그래서 그녀는 마치 받을 돈이라도 있는 양, 돈을 내놓으라고 소리쳤고, 상대는 돈은 없다며 자기가 왜 돈을 주어야 하느냐며 맞받아쳤다. 급기야 둘의 실랑이는 언성이 높아지면서 싸움이 되다시피 했고, 지나는 사람이 보기에 그 꼴은 완전히 빚쟁이와 채무자 꼴이었다.

"빵을 사준다면서 왜 빵 값이 없어요?"

"앞길이 창창한 아가씨가 그렇게 돈만 알아서 뭐에 쓰겠소! 인상이 좋아 보여 내 관심 좀 가져봤더니, 원!"

"흥! 돈도 없는 주제에 무슨 빵을 사주겠다고. 술 먹었으면 고개 숙이고 들어가 얌전히 잠이나 잘 것이지. 나 참 재수가 없으려니."

"아가씬 부모도 없어? 말버릇이 왜 그래?"

"됐거든요. 그런 아저씨는 자식이 없어서 그런 행동을 해요? 늙으려면 곱게 늙지, 나 같은 자식도 있다면서 웬 주책이야."

그렇게 희극 같은 한바탕의 싸움을 마무리 짓고 돌아오면서 미스 모는 내내 화를 삭일 수가 않았다. 남자 복이 없으려니 별 희한한 일도 다 겪는다 싶었다.

그 후 그녀는 그 빵집만 보면 그 일이 생각나서 절대로 그곳은 쳐다보지 않기로 했다. 밤늦게 학원을 나오며 아무리 배가 고파도 가게에서 초코파이를 사먹을 망정 그 빵집은 절대로 들어가지 않았음은 물론이다.

그러니 그날 일은 순전히 우연에 가까웠다고나 할까. 그날도 밤 열한 시가 넘은 시간이었다. 학원을 나서서 막 버스를 타려다 미스 모는 아버지의 전화를 받았다.

"야, 큰일 났다! 오늘이 엄마 생일인데 깜박했지 뭐냐. 이제야 생각나서 빵집으로 달려갔더니 여긴 오늘따라 벌써 문을 닫았어. 그쪽 어디 케이크 좀 살 데 없나 찾아봐라. 부탁이다."

그녀도 '아차!' 싶었다. 며칠 전만 해도 생각했는데 직장 일하랴, 공부하랴 정신이 없어 그만 깜박한 것이다. 다행히 그 빵집이 아직 문을 닫지 않고 있었다. 빵집이 싫고 좋고 따지며 고를 처지가 아니었다.

빵집 문을 열고 들어서자 학원가라 그런지 안쪽에 예쁜 테이블이 두 개 놓여 있었고 인테리어도 예뻤다. 커피바도 분위기 있게 되어 있었다. 카운터에서 인테리어만큼이나 예쁜 아주머니가 우아한 미소로 미스 모를 반겼다. 그리고는 케이크를 고르는 그녀 옆을 따라다니며 맛이며, 질이며 가격 등을 친절히 설명을 해주었다. 그러자 그녀는 자신도 모르게 처음 보는 사람에게 속에 있던 말을 했다.

"저도 직장 그만두고 제과를 배워서 이런 빵을 만들고 싶
어요."

그녀의 말에 주인여자는 자신도 가족의 반대를 무릅쓰고
빵이 좋아서 제과를 배워 이 빵집을 차렸다며, 돈보다도 즐거
움으로 만들다보니 빵 하나하나에 얼마나 정성을 담아 만들
게 되는지 설명해주었다.

"아가씨가 우리 며느리가 되면 얼마나 좋을까?"

그녀는 이렇게 친절한 주인이 있는 빵집을 싫어한 자신이
우스웠다.

"이걸로 주세요."

그녀는 자신과 아버지의 미안한 몫까지 해서 어머니께 드
릴 가장 멋진 생크림 케이크 하나를 골랐다. 그때였다.

"여보 이거 하나만 포장해 주실래요" 하고 여자가 소리쳤
다. 동시에 주인 여자의 시선을 좇아 테이블을 바라보던 미스
모는 그만 숨이 턱 멎는 것만 같았다. 손님인 줄 알았던 두 남
자 중의 하나가 '빵 사건'의 그 노친네가 아닌가 말이다. 하지
만 상대는 그녀를 알아보지 못하는 것 같았다. 어쩌면 모른 척
하는 건지도 몰랐다. 하기야 당연히 그래야 할 테지!

'세상에! 뻔뻔스럽기는. 하여간 남자들이란 정말…… 모른
척해줘? 아니면 이참에 확 불어버려? 또 알아? 빵 값을 안 받
을지.'

혼자 생각에 빠져 이런저런 갈등에 빠져 있을 때였다.

남자가 먼저 웃음을 흘렸다. 말도 못하고 당황한 쪽은 오히
려 그녀였다. 그는 함께 앉아 있던 청년을 불렀다. 아들인 모
양이었다. 인상 좋고 샤프한 외모가 황홀했다.

"생각나니? 술김에 첫눈에 반해 며느릿감으로 찍었다가 싸
움만 했다던 얘기?"

그렇다면? 미스 모는 뒤통수를 한 대 맞은 기분이었다. 이
야기를 들어보니, 그는 직업상 집을 비울 때가 많고, 아들은
혼자 빵집을 하고 있는 제 어머니 때문에 직장을 마치기 무섭
게 저녁이면 늘 그곳에 와 있다고 한다. 그러다 보니 아들이
남들이 다 부러워하는 내로라하는 직장에 다니면서도 데이트
한번 변변히 못하는 것 같아 늘 마음이 쓰였는데, 마침 마음에
드는 아가씨가 눈에 띄어 데려와 꼭 보여주고 싶었다고 한다.

“그런데 어린 아가씨가 너무 그렇게 돈만 좋아하면 못써
요.”

미스 모는 자신의 경솔함을 속으로 탓하면서, 민망함에서
벗어나고자 서둘러 케이크 값을 치르고 돌아섰다. 저렇게 멋
진 남자를 놓쳤다는 생각에 바보 같은 자신에 대해 화가 날 지
경이었다. 그녀가 그렇게 청년에 대한 아쉬움을 뒤로하며 막
문을 나서려 할 때였다.

“저, 케이크 가지고 가셔야죠!”

청년이 케이크를 들고 후다닥 다가왔다.

“그렇게 빵이 싫으세요? 이것도 안 가져가시고……”

“돈 좋아하면 부자라도 되지만, 빵 좋아 해봤자 살밖에 더
찌겠어요.”

미스 모는 케이크를 받을 생각도 않고 토라지듯 돌아서 걸
어갔다.

“맞습니다.”

청년은 웃으며 케이크를 들고 계속 쫓아왔다. 퀵 서비스라
나, 뭐라나?

습관에
대하여

한 시골 여인이 있었다. 여인은 키우던 소가 새끼를 낳자 자신의 손으로 받은 송아지가 너무도 예뻤다. 그래서 태어났을 때부터 매일 두 팔에 안고 쓰다듬어주는 버릇이 생겼고, 하루도 빼놓지 않고 그 일을 계속했다. 이것이 습관이 되어 어느 날 보니 여인은 커다란 황소를 거뜬히 안고 있었다.

이처럼 습관의 위세란 시작은 어린아이처럼 순하고 잔잔하다가 시간의 도움을 받아 발판을 잡으면 얼마 안 가 맹렬한 폭군의 모습으로 우리 앞에 모습을 드러낸다고 한다. 우리는 그 위세에 대항해 감히 어찌해 볼 도리가 없다. 그래서 습관은 우리를 지배하는 최강의 상전이라고 한다.

어느 날 철학자 플라톤이 먹을 것을 가지고 놀고 있는 한 아이에게 "그러지 말라"고 책망하였다. 아이가 "대단찮은 일로 책망하시네요"라고 대꾸하자 그가 말했다.

"습관은 대단찮은 일이 아니다."

언제나 습관의 시작은 대단찮게 보이지만 시간이 가면 그 것은 오히려 우리를 대단찮게 만들어버린다. 사사건건 우리 의 삶을 방해하고 피해를 줄 때에야 우리는 비로소 잘못된 습 관을 떨쳐보려고 애쓰지만 쉽지 않다.

청소년 시절 재미삼아 배운 담배가 그렇고 폭력이 그러하 며, 나쁜 술버릇이 그렇고 낭비벽도 마찬가지이다. 그러한 예 를 늘어놓자면 끝이 없을 것이다.

특히나 어릴 때의 잘못된 행동은 사소한 것이라도 자칫 습 관이 되어버려 아이와 함께 자라난다. 그래서 나쁜 행동은 가 급적 최대한 빨리 떨쳐 버려야 한다. 우리 가운데 차지하고 있 는 모든 악덕은 어린 소년시절에 주름 잡힌다는 말이 있다.

좋지 못한 식습관, 욕하는 습관, 지각하는 습관, 늦게 자는 습관, 폭력을 휘두르는 습관, 거짓말하는 습관……. 우리가 경 계해야 할 나쁜 습관들 속에 내 것은 없는지 알아차리는 것, 그것은 빠르면 빠를수록 좋다.

옛날에 크레테인들은 누구를 저주하려고 할 때에 그가 나 쁜 버릇을 갖게 해 달라고 신에게 축원했다고 한다.

어떤가? 섬뜩하지 않은가.

내가 글쓰기를 가르치는 학생들 중에 항상 조금씩 지각하는 아이가 있었다. 그 애는 학교도 늘 숨이 턱에 차서 뛰어가고, 어떤 모임에도 꼭 늦게 나타난다. 아이를 타이르고 그 어머니에게도 좀 고쳐주라고 했더니 대수롭지 않듯 말했다.

몽테뉴의 말을 빌리자면, 우리의 가장 중요한 훈육은 아이를 키우고 가르치는 그 어머니의 손에 달렸다고 한다.

남을 배려하는 습관, 일찍 일어나는 습관, 어른에게 공손히 대답하는 습관, 분노를 조절하는 습관…… 이렇게 좋은 습관 또한 나열하려고 하면 끝도 없다.

좋은 습관은 결코 학교에서나 학원에서 가르친다고 되는 게 아니다.

음식점에서 뛰는 아이를 보고도, 공공장소에서 주위 사람들의 정신을 빼놓을 정도로 떠드는 아이를 보고도, '어린이 체험학습' 코너에서 좋아하는 것을 한번 붙들면 뒷사람 생각은 않고 마냥 하고 있는 아이를 보고도 그 부모가 모른 체한다

면, 그 아이에게는 절대 남을 배려하는 습관 같은 것은 만들어
지지 않을 것이다.

내 자녀에게 나쁜 버릇을 갖게 해달라고 저주하는 사람은
없을 터인데, 굳이 나쁜 습관을 알면서 놔둘 필요가 있겠는
가?

'습관'이란 놈의 실체를 안다면 그것이 어린 자녀의 행동이
라 하더라도 소홀히 넘겨서는 안 될 것이다.

졸업 선물

이월은 졸업의 달이다. 유치원에서부터 초등학교, 대학에 이르기까지 모든 학교의 졸업식이 이때에 몰려 있으니 말이다. 그것을 증명이나 하듯 신문이며 전단지 등 집 안이고 거리에고 고개만 돌리면 온통 졸업선물 광고뿐이다.

며칠 전에 컴퓨터 수리를 좀 하려고 동네 컴퓨터센터에 전화를 걸었더니, 가게 주인 말도 졸업시즌이라 바빠서 출장을 갈 수 없으니 좀 지나서 오라고 한다.

"졸업선물로 컴퓨터를 많이 찾거든요. 중학교에 가면 자기 걸로 새로 하나 놔 주니까 그거 설치하러 다니느라고 정신이 없어요. 나 참, 요즘은 어찌나 세게 노는지 초등학생도 노트북은 기본이고 대학생쯤 되면 자동차래요."

신세대 축에 들어 보일 만큼 아직은 청년 티가 나는 그 사람 입에서 요즘 애들 어쩌고 하는 소리를 들으니 우습기도 했지만, 그가 내비치는 쓸쓸함만큼은 공감할 수 있었다. 모두가 그런 것은 아니겠지만 하여튼 과거에 비해 선물이 갖는 의미가 많이 변질된 것만은 사실인 것 같다.

내가 졸업하던 7, 80년대만 해도 상급학교에서 쓸 학용품이나, 혹은 사회에 나가서 열심히 일하라는 뜻에서 만년필을 주는 정도가 고작이었다.

물자가 풍부해지고 삶이 풍요로워져서 그런 걸까?

초등학생인 내 집 아이만 봐도 그렇다. 생일 파티니 뭐니 하면 친구들한테 선물을 받는데, 받을 때의 기쁨이라야 주는 사람의 형식적인 성의만큼이나 잠시뿐이다. 쌓여 있던 선물들은 친구들이 남기고 간 웃음이 채 가시기도 전에 어느새 천덕꾸러기가 되어 버린다. 비슷비슷한 물건이 여기저기 굴러다니고 별 필요도 없고……

어린이날 선물, 크리스마스 선물, 생일선물, 그리고 졸업선물까지. 일 년 내내 온통 선물을 준비하고 받기에 바쁜 아이들에게 선물은 이제 감동이 아니다. 조금 긁히면 놔두기 서운해서 붙였다가 곧 떼어버리는 일회용 밴드 같은 거라고나 할까?

늘 이맘때쯤이면 생각나는 것이 나의 초등학교 졸업식이다.

"찢어진 졸업장을 타신 언니께 연탄재를 한아름 선사합니다. 물려받은 책으로 엿을 사먹고……."

생각해 보면 그때부터 우리는 이미 메말라 있었고 영악할 대로 영악해 있었던 것 같다.

아이들은 졸업식을 앞두고 졸업노래 가사를 그렇게 바꾸어 흥얼거리고 다녔으니 말이다. 아마도 70년대가 갖는 시대적 여건과 도시 변두리에 위치한 우리 학교의 여건이 우리를 그렇게 만들어 놓았던 것 같다.

그때 우리 반에는 가난한 아이들이 참 많았다. 담임선생님은 육성회비 밀렸다고 허구한 날 잔소리를 늘어놓았고, 교장선생님은 반을 돌며 아이들을 일으켜 세워 혼내는 일들이 수두룩했으며, 그것이 끝났나 싶으면 또 준비물 등을 못 가져와 혼나는 소리가 들려왔다. 그러한 우리들에게 있어 초등학교의 졸업식은 시원스럽기나 할 뿐 아쉬울 것도 서운할 것도 없는 날이었다.

그날, 눈 내리던 운동장에 서서 발끝으로 땅을 퍽퍽 파며 듣던 교장선생님의 말씀은 지겨웠던 조회시간의 훈시와 다를

바 없는 느낌으로 눈발처럼 흩날렸고, 교실에 들어와 스피커로 듣게 된 송사와 답사 또한 지직거리는 잡음처럼 지겹고 괴롭기는 마찬가지였다.

"흥! 송사하는 목소리가 신났어. 우리가 떠나니까 속 시원한가 봐."

"저애 있지? 전교 어린이 회장된 거 순 와이로(뇌물) 때문이었데."

우리는 교실에 앉아 스피커에서 흘러나오던 송사나 답사의 내용보다는 어서 그 지겨운 시간들이 끝나기만을 기다리며 쓸데없는 흠잡기나 다른 관심사로 떠들어댔다.

"조용히들 못해! 어떻게 된 애들이 졸업을 하는데 울지는 못할망정."

기어코 떠나는 순간까지 된통 야단을 맞아야 했는데, 이것도 마지막 야단이라는 그 말씀 때문에 눈물 아닌 눈물을 짜내야 했다.

우리를 혼내던 선생님은 진짜로 우리의 가슴을 찡하게 울리는 일장 연설을 늘어놓으셨다. 그동안 가슴 아팠던 일들을 모두 털어놓으시고 본의 아니게 혼내야 했던 지난 일들을 진심으로 사과하셨다. 그리고 가난해서 중학교에 못 가는 아이들을 불러 안아주며 위로하시고 용기를 주셨다.

"너희들이 무슨 죄가 있겠니. 가난이 죄지. 너희들 열심히 공부하고, 각자 맡은 일에 최선을 다해서 이다음에 너희 자식들은 가난 때문에 가슴 아픈 일을 겪는 일이 없도록 해라."

숙연해지는가 싶더니, 급기야 여기저기서 훌쩍거리는 소리가 들려왔고 교실은 이내 눈물바다가 되었다.

그런데 우리를 더욱 감동시킨 것은 선생님이 주신 졸업선물이었다. 그것은 철사에 색지를 끼워 링을 만들고, 플라워 리본으로 장미꽃을 만들어 장식한 예쁜 꽃반지였다.

"좋은 선물 못 해줘서 미안하다."

하지만 그것은 결코 상점에서는 살 수 없는, 선생님이 우리 하나하나의 얼굴을 떠올리며 마음을 담아 밤을 세워가며 손수 만드신 것이었기에 더 감동적이었다. 그리고 그 사실을 안 것은 얼마 후였다.

"이 사람아, 느그 선생님이 이거 만든다고 배워서는 며칠이나 붙들고 있드만 나중에는 이틀이나 날밤까지 샜다."

졸업한 후 친구들과 선생님 댁을 찾아갔을 때 선생님의 시어머니께서 내 꽃반지를 보고 하신 말씀이었다.

졸업하던 그날 그 꽃반지를 우리 반 80여 명의 손가락에 직접 끼워주시고 포옹으로 마무리를 하시던 선생님. 순간 선생님에 대한 그동안의 오해들은 깡그리 사라지고, 나는 뭔지 모를 감동과 설렘으로 흥분되었다. 마치 갑자기 어른이라도 된 것 같은 느낌이었다.

선생님은 문 앞에 서서 교실문을 나서는 우리 한 사람 한 사람에게 각기 필요한 한 마디씩을 해주시고 반지 낀 손에 악수를 하셨다.

그날의 졸업선물을 나는 소중한 보석처럼 참으로 오랫동안 간직해왔고, 가끔 그 꽃반지를 꺼내 아련한 추억에 젖어들곤 한다. 그리고 리본을 접어 그것을 만들던 선생님의 정성된 모습과 마음을 떠올린다.

아직도 그 많은 선물 중에 가장 기억에 남는 선물, 그리고 떠오르는 선생님의 이름, 김문숙 선생님.

진정한 선물이란 바로 그런 것이 아닐까 싶다.

작가의 말

작가의 말

회색낙엽 그 후

첫 창작집 《회색낙엽》을 내놓고 오랜 시간이 흘렀습니다. 글쓰기·논술 강사를 하고, 아이들을 키우며 정신없이 생활하는 동안 글에는 거의 손을 떼고 살았지요. 하지만 머릿속에서는 단 하루도 글을 잊은 적이 없었습니다. 숙제를 못하고 노는 아이처럼 내 할 일을 놓고 엉뚱한 곳에서 시간을 보내고 있는 듯한, 늘 그런 기분이었습니다.

그러던 중에 갑작스런 병마가 찾아왔고 잠시 동안이나마 식물인간 같은 처지를 경험해야 했습니다. 병에서 일어나면 정말 내가 하고자 했던 일에 정진하겠다고 결심했습니다. 그런데 또 몇 년을 흘려보냈습니다. 뭔가를 하려고 하면 건강이 나의 발목을 붙잡는 것 같아 두려웠지요.

이젠 두려움을 떨치고 일어나 정진할 것입니다. 그런 결심으로 저의 재기를 기념하는 뜻에서 이 책을 냅니다. 이 책의 탄생은 적게나마 저에게 힘이 될 것입니다.

여기 실린 글들은 오래전에 청탁을 받고 썼던 콩트와 수필들입니다. 비록 가벼운 글이기는 하나 나름대로 최선을 다해 썼습니다. 조금 모자라도 내 자식 같고 세월이 흘러도 여전히 애정이 갑니다. 그래서 그냥 묻혀 버리기가 아쉬워 늦었지만 세상에 내보내기로 하였습니다.

겉모습은 과거의 시간 속에 약간 빛이 바래고 먼지도 끼었지만, 말하고 싶었던 진정한 의미는 언제 읽어도 변함없이 빛을 발하는 것이 아닐까 하는 자부심으로 용기를 내어 책을 펴냈습니다.

젊은 날, "문학은 불구된 현실을 뒤틀린 모습으로 보여주는 것"이라는 나름의 문학관을 갖고 좋은 소설을 쓰겠다고 결심했습니다. 작은 콩트이긴 하지만 작품을 대하는 이러한 마음은 어느 정도 녹아 있으리라 장담합니다. 좌충우돌하는 인간의 모습 속에서 삶의 진실을 보여주고 싶었습니다.

　콩트란 프랑스에서 발달한 웃음을 자아내는 촌극(寸劇, 단락극)으로 유모와 풍자, 기지(위트)로 인생을 비판한 것이 많습니다. 오늘날은 재치 있게 쓴 짧은 소설을 콩트라고 하는데 우리 나라에서는 손바닥 장(掌)자를 써서 장편이라고도 합니다.
　여기에 실려 있는 콩트의 주인공들은 어수룩해 보이기도 하고 때로는 영악해 보이기도 하고, 조금은 밉살스러울 때도 있지만 우리의 친근한 이웃이자 인간미 풍기는 서민들의 모습이기도 합니다. 또 때로는 저 자신의 모습이기도 하지요.
　사실 《길들이지 말라고요》는 학원 강사 시절의 경험을 풍자해서 꾸며 쓴 것이기도 합니다. 실제로 모 종합학원에서 국어를 맡아 가르치던 때가 있었는데 저에게 매달 전화카드를 가져오던 아이가 있었습니다. 처음엔 별 생각 없이 고맙게 받았는데 계속되다 보니 인간이란 참 묘하게 길들여진다는 생각이 들더군요.
　요즘 제 아이를 초등학교에 보내다 보니 종종 그때의 일이 떠오르곤 합니다. 선생님께서 어떤 아이의 문제를 지적하며 "어머니랑 상담 좀 하고 싶다"라고 하면 주변 어머니들은 과

잉반응을 하고 이상한 방향으로 곡해를 하기도 합니다. 가끔 신문에 나는 학교 선생님들의 촌지문제를 보면서 저는 어떤 선생님도 처음부터 그렇지는 않았을 것이라고 생각합니다.

매년 스승의 날을 옮기니 마니 할 때마다 서글픈 마음이 듭니다. 따뜻한 정을 나누는 것마저 손익을 재고 눈치가 보이는 시대가 되었습니다.

편하고 자유롭게 정도를 밟고 걸어가면 문제가 없을 것을, 누군가 전에 이랬으니 이래야 하지 않을까 하는 관행이나 소문에 휩쓸리고 타성에 길들여져 있다 보니, 그것들이 우리를 힘겹게 하고 사슬이 되어 옭아매는 게 아닌가 싶더군요.

이처럼 우리는 어느 사이 무언가에 늘 길들여지며 사는 것 같습니다. 평소 친구가 안 하던 행동을 하면 "너답지 않다"고 하고, 남편이나 아내 혹은 자식이 익숙하지 않은 행동을 하면 "변했다"고 면박을 주고, 순종하던 사람이 조금 맞서기라도 하면 "어떻게 이럴 수가 있나"하며 받아들이지 못하고 마음 끓이고 있는 사람들을 주변에서 종종 봅니다. "평소 하던 대로 해"라는 말이 있을 정도입니다.

길들여지지 않은 자유로운 영혼을 소유한 자만이 삶의 에

너지가 넘치고 행복을 찾을 수 있을 것이라 생각합니다. 풍요로움도 사치도 평안함도 그저 길들여진 일상에 안주하다 보면 감사함도 잊고 심드렁해지지 않나 싶습니다.

옳은 것에 대한 소신을 지키며 사는 것, 돈이나 권력, 힘에 지배받지 않고 소신대로 행동하고, 이웃을 돌아보며 사는 것이야말로 길들여지지 않은 인생, 즉 영혼이 자유롭고 행복한 인생이 아닌가 합니다.

콩트의 성격상 인물이 약간 과장된 바도 있지만 이들이 살아가는 모습을 통해 훈훈한 이웃들을 되돌아보고 잠깐이나마 우리가 어떻게 살아야 할지도 한번쯤 되짚어 보는 계기가 될 수 있었으면 좋겠습니다.

부끄럽기는 하지만 글을 쓰고 다시 책을 내면서 저 또한 스스로를 성찰해 보는 계기가 되었습니다.

작가라고 하면서도 두 아들에게 작가로서의 모습을 별로 보여주지 못해 늘 부끄러웠고, 어디 가서 작가라는 말도 떳떳이 할 수도 없었습니다. 이제 열심히 좋은 글을 써서 아이들이 자랑할 수 있는 소설가로 거듭날 것입니다. 아무쪼록 이 책이 저의 작품활동에 도화선이 되었으면 좋겠고, 독자들에게는 작은 즐거움이 되었으면 좋겠습니다. 간혹 지금의 실정과 조금 맞지 않는 오래전 이야기들도 있으나 그때의 감정을 살리기 위해 따로 수정하지 않았음을 밝힙니다.

늘 제 편이 되어 격려해 주고 도와주려 애쓰는 남편에게 고마움을 전합니다. 선뜻 콩트집 출판에 응해주신 박영욱 대표님과 처음부터 이 책이 나올 때까지 도와주신 한소연 · 김유진 대리님께도 감사드립니다.

김기은